罪な執着

愁堂れな

幻冬舎ルチル文庫

C O N T E N T S ✦目次✦

罪な執着

✦カバーデザイン=小菅ひとみ(CoCo.Design)
✦ブックデザイン=まるか工房

イラスト・陸裕千景子✦

罪な執着

どうして——抱き締めてはいけないのだろう。
愛《いと》しいものをこの手に抱き締められない辛さを、僕はこれまで知らなかった。
手の届くところに君はいるのに。その吐息すら拾えるところに僕はいるのに。

君の頬《ほお》はどれだけすべらかなのだろう。
君の唇はどれだけ柔らかいのだろう。
その頬に触れ、唇を塞《ふさ》ぎ、伸ばされた掌《てのひら》を取り、仰《の》け反《ぞ》る背中を抱き締める——。
そのとき僕は至福の悦《よろこ》びに包まれ、二度と君を離すまいと心に決めるのだろう。

かなわぬ夢を今日もこの胸に抱いて、僕は君の姿を目で追う。
その頬のすべらかさを
唇の柔らかさを
伸ばされた背筋の清潔さを、いつの日にかこの腕に抱かんと欲して。
こんなにも愛しい君を抱き締めてはならない理由が、僕にはだんだんわからなくなる。

どうして——抱き締めてはいけないのだろう。
愛しいものをこの手に抱き締められない辛さを、僕はこれまで知らなかった。
手の届くところに君はいるのに。

その吐息すら拾えるところに、こうして僕はいるというのに——。

1

またた、と田宮《たみや》は混雑のあまり身動き一つとれない車内で密《ひそ》かに溜《た》め息《いき》をついた。丁度田宮の通勤時間、中野坂上から赤坂見附までの間、丸ノ内線は殺人的な混みかたをみせる。腕一つ上がらぬその状況下、田宮は自分の背後にぴたりと身体《からだ》を寄せる『誰か』の気配をこのところ毎日のように感じていた。

まさか男が痴漢に遭うわけもないだろう、と思いながらも、わざととしか思えないほどに身体を密着させられているこの状況は、本当に気色が悪くて仕方がない。耳元に吹きかけられる生暖かい息にも、その呼吸音がやや乱れているのにも、我慢のならない気味悪さを感じてはいるのだが、直接的に何か行動を起こされるわけではないので「やめてください」とは言えないのである。

一本電車を遅らせたり、車両を変えたりしてみるのだが、いつの間にかその人物は田宮の背後へとぴたりと身体を寄せ、沢山の乗客が降りる赤坂見附まで前半身を田宮の背に、腰に、摺《す》り寄せてくるのだった。

どんな男——男だと思うが確かではない——なのか、と何度も振り返ろうとしたが、その姿を捉《とら》えることは出来なかった。気味は悪かったが別段これといった被害に遭っているわけでもなく、時間にしたら十分くらいの間のことであるので、最近では極力気にしないようにし、田宮は通勤電車に揺られていた。

あと三十分早い電車ならここまで混雑することはない。が、今より三十分早く出ることになると、彼を——高梨《たかなし》を見送ることが出来なくなってしまう。最近では互いの仕事も忙しく、一緒に食事をとれるのは朝くらいになってしまっていた。田宮の残業も増えたが、夏はやはり凶悪犯罪が増えるのか、高梨の帰宅も毎晩深夜近くだった。

二人とも疲れ果てているはずであるのに、互いを欲する衝動は何故か益々強くなっていった。顔を合わせる時間が短くなったからだろうか。大の男が二人で寝るには狭いベッドに一緒に横たわると、翌朝がつらいのがわかっていながら田宮は高梨を求め、高梨は田宮が求める以上の行為でそれに応えた。

昨夜も高梨の帰りは午前一時を回っていた。それより三十分ほど前に帰宅していた田宮が玄関先で彼を出迎えると、高梨はその場で田宮を引き寄せ、服を脱ぐ間も惜しんで二人抱き合ったのだったが——。

「ベッドへ……」

行こう、と告げようとした唇を唇で塞がれ、そのまま押し倒されるようにして床へと倒れ込んだ。寝巻き代わりのTシャツはすぐに剝《は》ぎ取られ、玄関先だというのに全裸にされた田宮が羞恥《しゅうち》のあまりに逃げようとするのを、高梨は少し酒も入っていたからだろう、その背中に伸《の》し掛かることで制しながら強引に身体を重ねてきた。

「やめ……っ」

煌々《こうこう》とした灯《あか》りに照らされる中、行為の慌しさに身を捩《よじ》り抵抗を示すと、高梨は口でこそ、

「かんにん」

と殊勝なことを言いはしたが、そのまま雄を田宮の後ろへと捻《ね》じ込んできた。あまり慣らされぬところに挿入された痛みに田宮が前へと逃れようとするのをしっかりと抱き締め制しながら、片手を田宮の雄へ、もう片方の手を胸へと伸ばしてくる。

「……『かんにん』じゃ……」

ないだろう、と肩越しに彼を睨《にら》みつけようとし顔を上げたところで、丁度正面に置かれていた姿見に自分達の姿が映っていることに田宮は気づいた。田宮が小さく「げ」と声を上げてしまったからだろう、高梨も鏡に気づいたようで「へえ」と一瞬動きを止めたが、やがて、

「ごろちゃん」

と名前を耳元で囁《ささや》いてきた。

「……なんだよ」

顔を上げれば鏡が見える。ぶっきらぼうに答える田宮に、

「……気ぃついた？　ほら」

高梨は田宮を扱《しご》きながら、胸に回した手で彼の身体を無理やり起こそうとしてきた。

「やめろよ」

慌ててその手から逃れようともがく田宮を尚一層強い力で抱き寄せると高梨は、

「ほら」

と益々彼の身体を起こそうとする。

「……っ」

接合が深まり、耐え切れず背を仰け反らせた瞬間、再び自分達の映る鏡が目に入ってしまい、田宮は嚙《か》み締めた唇の間から唸《うな》るような声を漏《も》らすと、肩越しに高梨を睨みつけた。

「……なに？」

にやにやと笑いながら、高梨がそんな田宮の雄を扱き上げてくる。

「……エロオヤジ」

悪態をつこうとしたのに声がやたらと掠《かす》れてしまった。高梨は、あはは、と笑いながらも、無理やり田宮の顎《あご》を捉え、鏡のほうを向かせようとする。

「ごろちゃんの顔かてほら、こんなにヤラしいし」

「やめ……っ」

んかい、と怒鳴りつけようとしたものの、目の端で捕らえた二人の姿に田宮は思わず息を吞《の》んだ。高梨の手の中の自分の雄がびくんと大きく脈打つ。それを感じたのは田宮本人だけではなかったようで、高梨は鏡越しに田宮に向かって再びにやりと笑うと、彼の顎を捉えたままゆっくりとピストン運動をはじめた。

「や……っ」

首を横に振り、田宮は高梨の手を逃れるとその場に両手をついて四つん這《ば》いのような格好をとる。身体を起こした姿勢のままだと高梨を奥まで感じられないが故の無意識の所作だった。そうと気づいた高梨の動きが次第に激しくなっていく。

「……ごろちゃん……顔、上げ？」

囁かれるままにふと上げた目線の先に、己を見つめる自分の瞳が映った。

「……っ」

紅潮した頬が、焦点の合わない視線が、だらしなく開かれた唇が――与えられる快楽を享受しまくっているその顔が強烈な羞恥を煽《あお》り、いたたまれない気持ちになりながらも、己の顔から目を逸《そ》らすことができない。

「……ほんま……綺麗や」

鏡越しに目を合わせ囁いてきた高梨の声は、いつになく切羽詰まっていた。達するのを堪《こら》えるかのように引きかけた彼の腰を追いかけ、自分が腰を突き出す姿を田宮は鏡の中に見た。

「……我慢できんわ」

高梨が苦笑すると、ラストスパート、とばかりに激しい抜き差しをはじめる。

「あ……っ」

思わず高い声を上げてしまいながら、田宮は鏡の中の自分が開いた口内の紅《あか》さに、再び目を奪われてしまったのだったが——。


『四ツ谷〜』

ガタン、と電車が止まり、扉の開いた気配に田宮は我に返った。やけに頬が熱い。朝から自分は何を思い出していたというのだろう、と溜め息をつき、更に乗り込んできた乗客に押し潰されそうになりながら、何とか体勢を立て直したのだが、

「……？」

自分の背後にぴたりとくっついていた人物が、いつもと違う動きをしはじめたことに田宮は気づいた。耳元で聞こえる息が乱れている。尻の割れ目に押し当てられたこの気味の悪い感触は——。

田宮は総毛だった。ぐいぐいと押し付けられるそれは、どう考えても男性自身に他ならない。間違いなくこれは痴漢だ、と思いながらも、なんだって男の自分が痴漢になぞ遭わなければならないのか、という憤りが胸に込み上げてきて、思わず『やめろ』と大声を上げよう

としたそのとき、

「やあ。奇遇ですね」

不意に斜め後ろから声がしたかと思うと、強引に乗客の間をぬって田宮の背後へと近寄ってきた男がいた。

「……え？」

そのおかげで田宮の周囲に僅《わず》かに隙《すき》間が生じ、身体を動かすことができるようになって振り返った先には、見覚えのない長身の男が立っていた。男は尚も強引に乗客の間を縫って、田宮のすぐ後ろに——まるで痴漢との間を割るようにして入ってくると、

「いつもこの電車？」

と田宮の顔を見下ろし、にっこりと笑った。

「ええ……？」

答えながらも田宮は、誰だったかな、と微《かす》かに首を傾《かし》げる。男はくす、と笑うと、田宮の耳元に小さく囁いてきた。

「……大丈夫ですか？」

「え？」

田宮はあらためて無理やり首を後ろへと回し、男の顔を見上げた。年齢は多分同じくらいだと思う。銀縁眼鏡の向こうで細められた瞳が理知的な印象を与える、整った容貌《ようぼう》の男だっ

た。

いかにも『エリート』然として見えるのは、その見事な体軀《たいく》を一分の隙もなく包む薄いグレイの仕立てのいいスーツのせいか、微笑《ほほえ》んだ口元から覗《のぞ》く清潔な白い歯のせいか——海外のエリートは歯並びすら矯正で整えるらしいと以前聞いたことをふと思い出してしまったものの、田宮は今はそんなことを考えているときではないということに一瞬にして気づき、再び、

「え？」

と背後の男に小さく尋ねた。と、そのとき地下鉄は赤坂見附の駅に到着した。開いたドアからどっと押し出される乗客の流れに乗り、

「それじゃ」

と男はにっこりと微笑んだあとそのままホームへと降り立っていった。

「あのっ」

田宮が慌ててあとを追う。ちらと目の端に、自分に痴漢行為を働いたのでは、と思われる男の姿を捉えたような気がしたが、自分を助けてくれた——のだろう、多分——男を見失うのを恐《おそ》れ、田宮は急いでその長身の背中を追った。

「あの」

人波をかきわけ漸《ようや》く男に追いつくと、田宮は後ろから彼の腕を摑《つか》んだ。驚いたように振り

返った男に、田宮は息を切らせながらも、

「どうも有難うございました」

と頭を下げた。立ち止まる二人を通勤を急ぐサラリーマンたちが邪魔そうに避《よ》けてゆく。それに気づいたのだろう、男は田宮の腕を取ると少し通路が広くなっているところまで彼を導いたあと、あらためて田宮を見返し小首を傾げるようにして尋ねてきた。

「あなたもここで降りられるんですか？」

「いえ……私は大手町で」

「なんだ、それじゃ、僕に礼を言うためにわざわざ？」

銀縁眼鏡の向こうで驚いたように目を見開いた男に、田宮は再び深く頭を下げた。

「本当にどうも有難うございました。助かりました」

正直なところを言えば、この男に声をかけられる直前、自分も痴漢行為を働いた男を怒鳴りつけようとしていたのだったが、折角好意で助けてくれた彼にはそんなことを言うべきではない。

「お節介が過ぎるかなとは思ったんですが、あの行為は目に余りましたからね」

男は田宮に向かって端整な眉《まゆ》を微かに顰《ひそ》めてそう告げたあと、

「気にしないで下さい。それじゃ」

にっこりと笑って軽く頭を下げ、そのまま丁度ホームに滑り込んできた銀座線に向かって早足で歩きはじめた。田宮も反対側のホームへと引き返す。

ふと田宮は振り返り、男の姿を一瞬捜したが、既に人波に紛れて見つけることはできなかった。親切な男もいるものだ、と田宮は今会ったばかりの男の顔を思い浮かべ、そういえば自分は彼に名前も聞かなかったな、と今更のことを思った。

それにしても、痴漢行為に遭っただけでもショックといえばショックであるのに、それを人に気づかれた挙句に庇《かば》ってもらったということに、なんともいえない恥かしさを覚え、田宮はやりきれない気持ちのまま大きく溜め息をついた。

今日は厄日かもしれない——すぐにやってきた丸ノ内線に乗り込んだ田宮の頭に浮かんだこの考えが正しかったことは、その日の夜あまり面白くない形で証明されることになる。が、痴漢騒ぎの動揺の続く田宮が勿論そのことを知る由《よし》もなかった。

2

その日、田宮は七時過ぎに仕事を終えることができ、久々に家で飯でも作るかと思いながら丸ノ内線に乗り込んだ。大手町からはどの時間帯でもたいてい座れる。朝はあれほどの混雑を見せるのに、と田宮は疲れた身体を座席に預けながら今朝の出来事を思い出し、込み上げてきた苦々しい思いを溜め息とともに飲み下した。

それにしても、最近感じる背後の人物は一体何者なのか、今日、自分に痴漢行為を働いた男と同一人物なのか——朝方、ちらと見た男の風体を思い出そうとしたが、頭の中でその像をはっきりと結ぶことはできなかった。

身長は自分と同じ位だったと思う。年齢は四十代半ばくらいだったか、地味な濃紺のスーツを着ていたと思う。眼鏡をかけていたような——平凡な顔立ち、としかいいようのない顔だったように思うのだが、まっとうなサラリーマンにしか見えなかったあの男がまさか自分相手に痴漢行為を働くとは、と田宮が溜め息をついたそのとき、地下鉄は赤坂見附に到着した。

ホームで待っていた乗客であっという間に車内は溢《あふ》れる。何気なくドアの方を眺めていた

田宮は、ドアが閉まる直前に乗り込んできた男を見て、思わず、

「あ」

と小さく声を上げた。男も田宮に気づいたようで、やあ、と笑顔になると、田宮の座る座席の前までやってくる。

「奇遇ですね」

「……どうも……」

にこやかに微笑みかけてきた男に田宮は頭を下げながら、上目遣いに顔を見上げた。仕立てのいい薄いグレイのスーツ、知性を感じさせる銀縁の眼鏡――彼は朝、田宮を痴漢から救ってくれたあの男だったのだ。

「ああ、私、朝もあなたに『奇遇ですね』と声をかけたんでしたね」

男はそう笑うと、田宮に小首を傾げるようにして尋ねてきた。

「いつもこの電車ですか？」

「いえ……」

自分ばかり座っているのは何かと立ち上がろうとした田宮を、男が「まあまあ」と笑って制する。

「今朝、遅刻なさいませんでした？　わざわざ電車を降りていただき、申し訳ありませんでしたね」

田宮を座らせたまま、男が端整な眉を顰め謝罪の言葉を口にした。

「申し訳ないだなんてとんでもない！　助けていただいたのは私の方なんですし……」

田宮は慌ててそう言い返したが、声が大きすぎたのか周囲の注目を集めてしまったのに気づき、首を竦《すく》めて男に「すみません」と詫《わ》びた。

ちょうどそのとき、地下鉄は四ツ谷へと到着し、乗客がまた増えてくる。

「……もし、お時間があれば食事でもどうです？　ここじゃゆっくり話も出来ない」

男が長身の身体を折って屈《かが》み込み、田宮に囁いてきた。一度周囲の注目を集めてしまったが故に、ここでは彼に礼を言うこともかなわない。何より、助けてもらった彼からの申し出を断るのもなんだか悪いような気がしたし、このような偶然の再会は滅多にないことだろうとも思えて、田宮は男の誘いに乗ることにした。

「喜んで」

答えながら、財布の中身を頭に思い浮かべる。昼間に三万おろしているから、余程の高級店に行かなければ男の分も出せるだろう。痴漢に遭った自分を助けてくれたことに対する礼として、田宮は食事代を自分で出そうと思ったのだった。

「それじゃ、次で降りましょう」

男はまたもにっこりと微笑むと、何がいいですかね、と田宮の目を覗き込んでくる。

「お任せします」

答えながら、田宮はふと高梨のことを思った。多分彼の帰宅は今日も深夜を回るだろう。以前は家で夕食をとれない日に電話をくれていた彼が、今では早く帰れる日に電話をくれるようになっていた。

決してそれは、田宮に夕食を作って欲しいという意味ではなく、『早く帰れる』ことの方が稀《まれ》になってきたからであるのだが、『今日はメシはいらないコール』ゆうたら毎日かけなあかんようになる、と言いながらも、昼休みなど、田宮の手が空いていそうな時間を狙《ねら》って高梨はよく連絡をくれた。

多分、最近顔を合わせる時間が少なくなっているのを彼も気にしてくれているのだろう。高梨も殺人的な忙しさだろうに、そんな気配りをみせてくれるのが嬉しくもあり、逆に申し訳なくもあり——それでも『あ、ごろちゃん？』と電話越しに彼の声を聞くのは純粋に嬉しくて、田宮は「忙しいならいいよ」と本人には言いながらも実は毎日のようにかかってくる昼間の電話を心待ちにしていたのだが——。

「降りましょう」

四谷三丁目の駅に着いたとき、男に声をかけられ田宮はいつの間にか一人、浸っていた思考の世界から呼び戻された。

「あ、はい」

田宮の内に、高梨に対してちらと罪悪感めいた思いが過《よ》ぎったが、それは彼の知らない男と食事をして帰るから、というよりは、食事をする間も惜しんで働いているであろう彼に対する申し訳なさからだった。

「どちらへ？」

前を歩くグレイのスーツの背に田宮が声をかけると、男は肩越しに振り返り、微笑みながら答えてくれた。

「焼肉……はいかがです？」

「焼肉？」

意外な男の選択に、田宮が思わず問い返す。

「美味《おい》しい焼肉屋があるんですよ。『羅生門』……有名店だからご存知かな？」

男は田宮のよく知る店の名を口にすると、にっこりとまた微笑み、改札を抜けた。

「知ってます。以前はよく行ってました」

深夜残業のあと、部の仲間とよく四谷三丁目の『羅生門』にはタクシーで乗りつけたものだった。立地から芸能人も多く訪れるというこの店は、決して安くはないが皆がリピーターになってしまうほどに美味《うま》いのである。

高梨と一緒に暮らしはじめるようになってからは、残業後の飲みへの参加が遠のいていたこともあり、訪れるのは久しぶりだったが、深夜は待たされることもあるこの店も、田宮と男の二人が入ったときは早い時間だからか客もまばらだった。

すぐに席に案内され、生ビールを頼んでから二人はメニューを開いた。ごく自然に注文の主導権を握ったのは目の前に座る男で、数種類の肉とサンチュとキムチ類を頼んでくれたのだったが、それが自分がいつも頼むのと似たようなメニューであったことが、なんとなく田宮に男に対する親近感を抱かせた。

「それじゃ、偶然の再会に」

ジョッキを合わせながらふざけた調子で男が言うのに、田宮は改めて頭を下げた。

「本当にどうもありがとうございました」

「もうその話はよしましょう」

男はスマートな仕草で田宮の目の前で右手を振ってみせると、

「そうだ、まだ自己紹介もしていませんでしたね」

ふと思いついた顔になり、ジョッキをテーブルに下ろし、おもむろに内ポケットから名刺入れを取り出した。田宮も慌てて名刺入れから自分の名刺を取り出す。

「佐伯《さえき》と申します」

差し出された名刺には『SAEKI CORPORATION』という社名の下に『代表取締役　佐伯秀美《ひでみ》』と記されていて、田宮は自分の名刺を渡すのも一瞬忘れ、

「社長？」

と目の前の男の端整な顔を見やった。

「去年脱サラしましてね。個人でIT関連サービスの会社をはじめました。社長といっても従業員は三十名にも満たない小さな会社です」

苦笑するように笑いながら男は——佐伯は、田宮が名刺を渡してくれるのを待つ素振りをした。慌てて田宮は自分の名刺を差し出し頭を下げる。

「田宮です」

「田宮吾郎《ごろう》さん……いいお名前ですね」

世辞を言うことができる対象は名前だけだったらしい、と今度は田宮の方が苦笑してしまいながら、貰《もら》った名刺を名刺入れに仕舞っていると、佐伯がビールを手に取り尋ねてきた。

「田宮さん、おいくつなんですか？」

「二十九ですが……」

「にじゅうきゅう？」

大きな声を上げられ、驚いた田宮が見返すと、佐伯はバツの悪そうな顔をし頭をかいた。

「失礼……てっきり年下だと思っていました」

「佐伯さん、おいくつなんです？」

自分の方が年上、とわかったからではないが、今までより随分気さくな調子で田宮が彼に尋ねる。

「二十八です」

「そんな、一つしか違わないじゃないですか」

思わず笑った田宮の前で、佐伯は真剣な顔になると、まじまじと田宮を見つめてきた。

「いやあ、てっきり僕は田宮さんのこと、二十二、三、いって四かな、と思ってましたよ」

「……それじゃ新入社員じゃないですか」

いくらなんでもそれはひどい、と口を尖《とが》らせた田宮に、佐伯が笑って「失礼」と詫びたところに注文の品々が運ばれてきて、話は一旦中断された。

肉を焼きながらも佐伯はくすくすと笑い続けている。

「なんですか？」

眉を顰めて尋ねた田宮に、佐伯は再び、失礼、と詫びはしたが笑いの理由を説明はせず、焼いている肉を箸で示してみせた。

「もういいようですよ。どうぞ召し上がって下さい。私はこのネギ焼きカルビが好きなんですが……」

「あ、私も好きなんですよ」

田宮も店では『ネギ焼きカルビ』が一番好きだったので、ついつい声を弾《はず》ませてしまった。

それを聞いて佐伯がまた声を上げて笑いはじめる。

「なんですか？」

さっきから何を笑っているのだ、と、田宮が再び眉を顰め問いかける。

「失礼を承知で申し上げますが……」

佐伯は、相変わらずくすくす笑いながら、幾分憮然《ぶぜん》とした表情になった田宮に対し、本当に『失礼』なことを言ってきた。

「田宮さん……可愛いですねえ」

「可愛いって……あのねえ」

呆《あき》れ半分、むっとすること半分で大きな声を上げかけた田宮に、

「あ、ほら、肉が焦げますよ」

佐伯が網から肉をさらって田宮の皿に取り分けてくれる。これでは本当にどちらが年上かわかったものではない、と益々田宮は憮然としてしまったのだが、一応口では「すみません」と謝り、取ってくれた肉を口に運んだ。

「…………」

久々に食べるネギ焼きカルビの美味しさに田宮の顔が綻《ほころ》んだのを見て、また佐伯がくすりと笑う。

「佐伯さんこそ肉が焦げますよ？」

それに気づいた田宮が、ぶすっとしたままそう肉を箸で示すと、

「あ、本当だ」

と佐伯が慌てて肉を網からはがそうとしたが、焼きすぎたために肉が破れ、ネギが網の下

に落ちてしまった。

「あー」

残念そうな声を上げた佐伯を見て田宮が笑い、佐伯が田宮に笑い返す。

「あ、コッチもヤバイ」

「大変だ」

網に乗せすぎたせいで、次々と焼きこげ状態になる肉に二人して格闘したあと、ふと顔を見合わせ笑い合ったあたりから、急速に彼らは打ち解けていった。

ビールから焼酎のお湯割りに酒を変え、佐伯が頼んでくれた、高額のあまり今まで田宮が注文したことのない三枚で二千円という特々上ロースのとろけるような舌触りに感動しつつ、佐伯の巧みな話術を楽しんでいるうちに、あっという間に時間は流れていった。

「でも二十八で独立だなんて、凄《すご》いよな」

酒のせいもあるだろうが、いつの間にか田宮と佐伯、二人の会話からは互いに敬語が抜けていた。

「凄くないよ。この業界だとザラ……かなあ。最近は随分淘汰《とうた》されてきたけれど、以前は大学生社長がゴロゴロいたからね」

「ザラっていったって、青山に事務所を構えるってやっぱり凄いよ」

貰った名刺を取り出して眺めながら田宮が感心してみせるのに、

「カネさえ払えば誰だって事務所は借りられるよ」

佐伯は苦笑すると、それでも、すごいよなあ、と感心し、頷《うなず》いている田宮に向かい、がらりと話題を変えてきた。

「そういえば……朝みたいなこと、よくあるの？」

「朝？」

田宮は酔っていたせいもあり、彼が何を尋ねているのかが一瞬わからなかった。が、すぐにこうして共に食事をすることになったいきさつを思い出し、今朝、丸ノ内線の車内で自分が遭遇した痴漢のことを言っているのだと気づいた。

「ああ……」

無意識のうちに顔を顰《しか》めてしまった田宮に、佐伯が慌てて謝ってくる。

「気を悪くした？　ごめんな」

「いや、そうじゃないんだけど」

逆に田宮はそんな佐伯の慌てぶりに気を遣って笑顔になると、

「『よく』はない……っていうか、はじめて、かなあ」

そう答え、わざとふざけた口調で言葉を続けた。

「俺を女と間違えた……ってことはないと思うんだけど、男が男に痴漢に遭うなんて、一体どんな世の中なんだか」

「田宮さんなんていかにも狙われそうだけど？」

首を傾げた佐伯の顔は笑っていない。

「よせよ」

だが、田宮が口を尖らせると、ごめんごめん、と笑顔になり、

「夏はおかしな輩《やから》が横行するからね、気をつけないと」

そう言い、再び肉を網へと乗せはじめた。

「……そうなんだよなあ」

思わず田宮が溜め息をついてしまったのは、最近車内で自分に密着してくる男のことを思い出してしまったからなのだが、

「なに？」

目を上げた佐伯に尋ね返されると、いや、と言葉を濁し、網の上の肉をひっくり返した。

「なんか……気になってること、ある？」

淡々と肉を焼きながら佐伯が再び問うてくる。どうしようかな、と迷ったはずが、酔っていたせいもあり、結局田宮は最近毎朝のように『痴漢』とまではいかないが、似たような目に遭っていることを佐伯に話してしまっていた。

「それ……僕は痴漢だと思うよ？」

「……そうかなあ」

話したそばから後悔してしまっていた田宮は、早々に話を打ち切ろうとした。

「でもま、別に今日みたいに直接何かされてるわけでもないし」

「されてからじゃあ遅いだろう？」

だが佐伯は益々真剣な顔になり、何か対策はないかと前向きな会話を続けようとする。

「……ま、もうすこし早く出るとか、考えるよ」

田宮はそう言ってこの話題を打ち切ると、腕時計を見て「あ」と声を上げた。

時計の針はまもなく十二時を差そうとしている。四時間も初対面の彼と喋《しゃべ》っていたのか、と田宮は自分でも驚いて思わず目の前の佐伯を見やった。

佐伯もつられたように時計を見、

「なんだ、もうこんな時間か」

と同じように驚いている。

「そろそろ行こうか」

伝票を摑んで立ち上がろうとした田宮の手を佐伯が握り締めた。

「なに？」

驚いて見返すと、佐伯が笑って田宮の手から伝票を取り上げようとする。

「ここは僕が」

「いいよ。だってお礼だし」

「いや、誘ったのは僕だし」

「助けてもらった挙句におごってはもらえないよ」

「たいしたことしたわけじゃない」

テーブルでの押し問答がしばらく続いたが、根負けしたのは田宮だった。

「……じゃあ、折半で」

「了解」

にっこりと笑って頷くと佐伯は田宮が握り締めていた伝票を奪い取った。レジへと向かい表示された金額を見て田宮は「げ」と口の中で小さく声を上げた。

二人で食べたにしてはあまりにも高額なその金額を提示された佐伯は眉一つ動かさず、財布の中から六万円を出して支払うと、

「領収書、下さい」

と店の人に告げ、田宮を振り返った。

「……ということだから、ここは僕が払います」

「そんな……」

経費で落とす、と言いたいのだろうが、やはり完全にご馳走になるのはまずい。田宮は慌てて財布から金を取り出そうとしたが、

「いいって」

とスマートに佐伯に断られ、仕方なく再び金を財布へと仕舞った。

「……それじゃ、次は俺が」

礼を言ったあと、田宮は佐伯にそう言ったのだが、その言葉を聞き佐伯は嬉しそうな表情になった。

「次、ね」

「ああ、次こそは俺が払うから」

田宮の言葉に佐伯は、そうだ、と何か思いついた顔になると、内ポケットから名刺入れを取り出し、中から渡したばかりの田宮の名刺を抜き取った。

「携帯の番号、教えてもらえるかな？」

「いいけど」

田宮は携帯を取り出し、自分の番号を告げる。

「僕の番号は名刺に入ってるから」

いつでも電話してくれてかまわない、と微笑んだ佐伯の口元から零《こぼ》れた白い歯があまりにも清潔に見えたからだろうか、田宮はうん、と素直に頷き、再び彼の前で深く頭を下げた。

「今日は本当にありがとう」

「丸ノ内線？」

「うん」

思いの外遅くなってしまったが、まだ電車はあるはずだった。時計を見ながら頷いた田宮に、

「じゃ、僕はここからタクシーで帰るから」

佐伯は羨《うらや》ましすぎることを言うと、その場では乗らずに田宮を駅まで送ってくれたあと、それじゃあ、と右手を上げ、交差点の方へと歩いていった。

袖《そで》振り合うも多生の縁、か、と田宮は心の中で呟《つぶや》くと、下から響いてきた地下鉄の音に慌てて階段を駆け下りた。

終電近いからか車内は結構混んでいる。朝痴漢に遭い、それを助けてくれた男と夜、同じ車内で遭遇し、そして四時間以上も話し込み——なんだか激動の一日だ、と田宮はつり革に捕まり溜め息をついた。

名刺と電話番号は交換したが、もう会うこともないかもしれないな、と思ったのは、佐伯との接点があまりにも少ないからだった。年齢が一つ違いということくらいしか接点らしい接点はない。

いかにもエリート然とした外見を裏切る人当たりの良さや、ついつい胸の内を明かしてしまう話術の巧みさは初対面ということを忘れさせ、四時間以上話していても少しも飽きることがなかった。わずか二十八歳にして、社長に就任しているだけのことはある。それに比べて自分は——と田宮は落ち込みそうになりながら、相変わらず混んでいる丸ノ内線に揺られ

続けた。

最寄り駅についたのはもう深夜一時近かった。高梨は帰っているだろうか、と思いながら、途中のコンビニで朝飯の材料を仕入れ帰路を急ぐ。アパートに到着し、階下から自分の部屋を見上げると電気はついていない。高梨はもう帰って来て寝ているのか、それならいいのだけれど、と田宮は足音を忍ばせて階段を上り、部屋の鍵穴に鍵を挿《さ》した。

室内に人の気配はない。まだ帰っていないのか、と田宮は溜め息まじりに灯りをつけ、買ってきた食材を冷蔵庫に仕舞った。

しばらくぼんやりと椅子に座って高梨の帰りを待っていたが、一時半を回っても帰ってくる気配がなかったので、先にシャワーを浴びて寝ることにした。ドアチャイムをいつ鳴らされてもいいよう、手早くシャワーを浴びたあと、またしばらくはリビングで彼の帰りを待ったのだが、酒が入っているからか眠くてどうにも我慢できなくなってしまったので、先にベッドに入った。

どのくらい眠っただろう、夢の中で聞いたドアチャイムの音に、田宮は眠い目を開き慌てて玄関へと向かった。ちらと時計を見るともう三時半を回っている。

「ただいま」

小さな声がドアの向こうで響いていた。

「おかえり」

急いで鍵をあけてやると、高梨が倒れ込むようにして部屋へと入ってきた。

「ど、どうしたの？」

一緒に床に倒れ込みそうになるのを堪え、田宮が高梨の身体を抱きとめる。

「ただいまあ」

そう笑った高梨はひどく酒臭かった。

「良平《りょうへい》？」

「ただいまのチュウ」

田宮の両頬を両掌で挟み、高梨が唇を寄せてくる。

「ドア、閉めないと！」

ほら、と田宮が高梨の身体を押しやると、

「ああ、ほんまや」

高梨は一旦身体を離して、開けっ放しになっていたドアを閉め、鍵をかけた。

「おかえり」

そんな高梨を後ろから抱き締めるようにして、田宮は彼の顔を覗き込み、唇を合わせる。

身体を返し、田宮を正面から抱き締めながら高梨は田宮が重ねてきた唇に貪《むさぼ》るようなくちづけを与えはじめた。

「……っ」

痛いほどに舌をからめとられる濃厚なキスを交しながらも、田宮は幾許《いくばく》かの違和感を覚えていた。

今日の高梨はどこか変だ。何かあったのではないか、と案じ、その背をぎゅっと抱き締めると、

「……寝よか」

高梨は身体を離し、田宮に微笑んでみせた。

「先、寝とってええよ。シャワー浴びてくるし」

ふらふらした足取りで浴室へと向かう彼の後ろ姿を目で追いながら、田宮は再び密かに首を傾げた。

高梨があれほど酔うことは珍しい。余程何か嫌なことがあったのかもしれない。一体それはなんなのか、仕事絡みか、それとも——。

考えても理由などわかるわけもなく、仕方なく田宮は言われたとおりベッドに先に入っていることにした。どうしようかな、と一瞬迷ったあと、自分でTシャツとトランクスを脱ぎ、全裸でベッドに潜り込む。

我ながらあからさまな『待ち』の態勢に顔を赤らめていた田宮だったが、なかなか高梨はシャワーから上がってこなかった。

そのうちまた睡魔が田宮を襲い、いつの間にか彼は眠り込んでしまったらしい。ふと目覚

めたとき、自分を後ろから抱き締めるようにして眠っている高梨に気づき、え、と思いながらそろそろと身体を返した。

高梨がベッドに入ってくるのも気づかぬほどに眠り込んでしまっていたのか、と反省しつつ、自分の動きに気づくことなく眠り続けている高梨の顔を正面から田宮は見上げる。

規則的な呼吸音は、彼の眠りの深さを物語っているのだろう。疲れ果てた身体をあれだけの泥酔に追い込んだのは一体何が原因だったのか——田宮が再び愛しさを込めて高梨の髪を撫《な》でたそのとき、

「かおる……」

高梨の口から漏れたその言葉に、田宮の手が止まった。

かおるって——誰だ？

思わず身体を捩り、高梨の腕から逃れようとした田宮の気配を察し「う……ん」と高梨が眉を顰め目覚めそうになる。その瞬間、起こしては気の毒だ、という思いが田宮の胸に生じ、彼は高梨の腕の中で息を潜め動きを止めた。

まもなく高梨の口からは規則的な寝息が聞こえはじめた。

『かおる』

一体高梨は自分と誰を混同し、その名を呼んだのだろう——既に眠気も吹き飛んでしまった大きな瞳で田宮は高梨の寝顔を見上げながら、いくら考えても答えの出ない『かおる』という人物について考え続け、まんじりともできぬままに夜明けを迎えてしまったのだった。

3

翌朝、田宮はいつもより三十分早く起き、身支度を整えたあと一人分の朝食だけ作ると、そろそろ起きなければならない時間となった高梨を起こしにベッドへと戻った。

「良平？」

身体を揺すると、高梨は「う〜ん」と大きく伸びをし、田宮の身体を抱き寄せようとする。が、すぐに彼が既にスーツを着込んでいるのを手触りで察し、薄く目を開くと、

「どないしたん？」

と田宮の顔を見上げてきた。

「おはよう」

恒例の『おはようのチュウ』を唇に落としてやったあと田宮は、

「ごめん、今日はもう出なきゃいけないんだ」

そう言って微笑み、メシ、できてるから、と身体を引いた。

「……そう」

高梨が何か言いたげな素振りをしたのに気づかぬふりをし、田宮は、

「それじゃ」

と再び高梨の方へと屈み込むと「いってきます」と軽く唇を合わせた。

「気ぃつけて」

高梨は田宮の首に右手を回し、身体を起こそうとする彼の動きを制した。離れようとする唇を追いかけ彼も身体を起こすのを、

「もう行かなきゃ」

と、田宮は高梨の胸を押し返し、強引に彼の腕から逃れた。

「ごろちゃん？」

いつにない田宮の己を避けるような所作に、高梨が微かに眉を顰め、見上げてくる。気づかれたか、と田宮は、我ながら言い訳がましいと思いつつ、

「ごめん、遅れるから」

そう言い置き、ベッドを離れた。

高梨は玄関まで田宮を見送ろうと思い、ベッドから降り彼のあとを追ったのだが、田宮は出しなに一回振り返っただけで、まるで高梨に何か言わせる隙を与えまいとでもしているかのような強張《こわば》った笑顔を向けて寄越すと、そそくさとドアを出ていってしまった。

「それじゃ、行ってきます」

目の前で閉められたドアを見やりながら、高梨は何がなんだかわからぬままに首を傾げる。

彼と最後に会話を交わしたのは昨夜——といっても、昨夜は自分も酷く酔っていたし、何より時間が時間であったから、田宮も半分寝ぼけていた。会話らしい会話もしないまま眠ってしまったが、あのとき田宮の様子にかわったところはなかったように思う。

考えすぎだろうか、と思いながら食卓を見ると、いつものように朝食の支度が整っており、昨夜の自分の泥酔を気遣ってかポカリの大瓶までテーブルに出ていた。

高梨は田宮の心遣いを嬉しく思い、やはり考えすぎか、とまだ酒の残っているような気のする頭を軽く振った。

それでもどうにもあの、今まで見たことのない強張った田宮の笑顔が気になってしまい、高梨は再び彼の出て行った玄関のドアを見やる。今夜は少し早く帰って、ゆっくり彼との時間を持とう、と、高梨はそう気持ちを切り替えると、少しでも頭をすっきりさせようと、朝食の前にシャワーを浴びるために浴室へと向かった。

その頃田宮は、いつもより格段に空《す》いている丸ノ内線に揺られていた。これだけ空いていれば例の痴漢めいた男に遭うこともないだろう。運良く中野坂上で前に座っていた乗客が降りたために座席にも座れた。いつもこの時間に出勤するようにしようかな、と田宮は思い

——高梨はもう食事を済ませただろうか、と考えている自分に気づき、小さく溜め息をついた。

早く家を出なければいけない、というのは嘘だった。高梨と面と向かい合えば、多分自分は尋ねてしまう、それを田宮は避けたのだった。

『かおる』

昨夜、自分を腕に抱きながら高梨が呟いたあの名前。

『かおるって……誰？』

問い詰めたときに高梨がどんな答えを返すのか——。

がたん、と大きく電車が揺れ、田宮は我に返った。が、また思考はその名前へと戻ってゆく。

『かおる』——女だろうか、男でも『かおる』という名を持つ者は沢山いるから、どちらと特定はできないだろう。

男にしろ女にしろ、『かおる』というのは高梨が過去にその腕に抱き、慈しんだ人の名なのだろうか。

考えてみれば——いや、みなくても、高梨ももう三十、その上あれだけの美丈夫だ。過去に幾多の恋愛を経てきて当然、というより、その手の『過去』がない方がおかしい。さぞかし華麗な女性遍歴があってしかるべきだと思うし、男性遍歴だってあったっておかしくはない。

『テクニックには自信がある』と豪語する彼のそのテクを、磨いてきた相手は一体どのくらいいるのだろうか。自分との行為の、あの手馴《てな》れた感じからしても男性経験も豊富そうだし――などと真剣に考えている自分に嫌気がさし、田宮は大きく溜め息をついた。隣の中年男性が驚いたような視線を向けたのに首を竦め、折角座れたのだから寝よう、と無理やり瞼《まぶた》を閉じる。

『かおる』

愛しげに名を呼ばれたのは――誰？

ループする己の思考に忌々しさから舌打ちし、田宮は再び目を開けた。気を逸《そ》らせようと手にした日経を広げ、商業面などを見てみるが少しも活字は頭に入ってこなかった。

馬鹿馬鹿しい。自分にだって高梨には伝えていない過去の恋愛遍歴がある。過去はどうあれ、今自分の前には高梨がいる、それが全てでいいじゃないか、と自分のことなら言えるのに、こんなにも高梨の漏らしたあの一言が気になってしまうのは――。

惰性のように新聞の頁を折り込みながら、田宮は心の中で呟いた。

いや――なのだ。

ただ、純粋に嫌だった。たかが寝言と笑われるかもしれないが、自分を抱きながらにして高梨が他の女の――若《も》しくは男の名を口にするのは、たとえ寝言でも田宮には我慢ができなかった。

それでいて田宮は、自分には高梨にその『かおる』という人物について問い質《ただ》す勇気のないこともわかっていた。気になるのであれば聞けばいい。が、聞くことで高梨に疎まれるのを田宮は恐れた。

否——何より田宮が恐れていたのは、高梨の心をその『かおる』という人物が、未《いま》だに強く捉えているのではないか、ということだった。その名を高梨に示したときに、高梨がどんな顔をするのか、どのような言い訳をするのか、言い訳であればともかく、『思い出の人なんよ』などと懐かしむような目をして彼に言われてしまったとしたら、絶対に自分は冷静でいることなどできないだろう。

過去——ではないかもしれない。

ふとその考えが田宮の頭に過ぎったとき、思わず「あ」と声を漏らしそうになるほどの衝撃を受け、田宮は堪らず広げた新聞を勢いよく閉じると、膝《ひざ》の上でくしゃくしゃに折り畳んだ。

何故自分は『過去』と思い込んでいたのだろう。まさに今、高梨の心を捉えている人物の名かもしれないじゃないか——自然と胸の辺りを摑んでしまいながら、田宮はやりきれぬ思いを必死で散らそうとまた目を閉じ、シートに深く身を沈めた。

高梨の過去を自分は知らない。どれだけの恋愛遍歴があったのか、一人の人間とどれだけのタームで付き合ってきたのか。

愛情表現豊かな彼の情熱的な求愛は、今まで何人の女に、そして男になされてきたのか、そして彼らはどのようにして高梨と別れたのか。

別れる――。

自分の思考であるにもかかわらず、田宮の胸はその言葉に酷《ひど》く痛んだ。

出会いがあれば別れもある。未来永劫《えいごう》、などという言葉はこの世に存在し得ないのかもしれない。

高梨のいない未来など、自分には考えることができないというのに――。

不意に外が明るくなり、田宮は顔を上げた。そろそろ四ツ谷につくらしい。地下から一旦地上に出るこの区間、ふと振り返って見た窓の外の陽光溢れる風景に何故か泣きたいような思いが込み上げてきてしまったのを、田宮は必死で胸の内へと抑え込むと、その思いを振り切るように再び膝の上の新聞を開いた。見出しの文字がやけに滲《にじ》んで見える。

自分はどうかしている――こんなことでどうする、と田宮は己を叱咤《しった》し、意識を紙面に集中させようと、地下鉄が大手町に到着するまでの間中、無駄な努力を続けたのだった。

田宮は始業時間よりもかなり前に会社に到着していたため、影響を受けることはなかったのだが、その日、山手線で飛び込み事故があり、都心の電車の朝のダイヤはひどく乱れた。

丁度九時ごろの出社を目指していた者たちはことごとくホームで、そして満員の車内での足止めを余儀なくされたらしい。

「まったく参ったよ」

朝からの不運を嘆く部員たちに同情の目を向けていた田宮だったが、まさかその人身事故がこれから自分の身に関わってくるようになろうとは、彼は勿論、捜査に携わることになった高梨にも、予測ができるわけもなかった。


まさにラッシュのピーク時である午前八時過ぎ、新大久保の駅のホームから中年男性が転落した。自殺か事故か、と思われていたこの『飛び込み』は、『男が突き落とされるのを見た』という多数の目撃証言が寄せられるにあたり、俄然《がぜん》事件色を帯びたものになった。

男の身元は持参していた免許証からすぐに割れた。小山内和男《おさないかずお》、四十二歳。住居は新大久保、持っていた名刺入れから『よろずお引き受け致します。便利屋　小山内事務所　代表取締役　小山内和男』という名刺が出てきたため、早速所轄の刑事らはその新大久保の事務所へと向かった。

「なんじゃこりゃあ？」

所轄は新宿西署であった。橋本《はしもと》とともに事務所のドアを開いた納《おさめ》が思わず大声を上げたのも無理はない。マンションの一室を住居兼事務所にしていたらしいこの『小山内事務所』の室内は、なにかを物色したかのように書類が散乱し、引き出しという引き出しはひっくり返されたとしか思えないほどの惨状を呈していたのである。

「ひどいですねえ。足の踏み場もない……」

橋本《はしもと》も呆れたように納とともに玄関先から室内を見やりながら溜め息をつく。

「事務所あらし……じゃなさそうだな」

金品を物色した、というにはあまりに室内を引っ掻《か》き回しすぎている。納は一つ溜め息をつくと、橋本に指示を出した。

「鑑識、至急回すように言ってくれ」

「はい」

署に電話を入れはじめた橋本の背を促し、納は事務所を出る。やはり他殺《コロシ》か――事務所内を物色したのは、小山内を殺した犯人に違いない、という確信が彼の頭に浮かぶ。

遺体は酷い有様ではあったが、顔の識別はついた。あの平凡なサラリーマンにしか見えなかった中年男が『便利屋』などという職業についていたのも驚きではあったが、殺されるほどの『便宜』を誰かにはかっていたというのもまた驚きではあった。

いや、初動捜査で思い込みは禁物だ、と納は考えを切り替える。怨恨《えんこん》、痴情の縺《もつ》れ、原因はまだ何かわからない。事務所が荒らされているのも、それこそ偶然『事務所あらし』に遭ったのかもしれないし、カムフラージュという可能性もある。

その後、すぐに応援にかけつけた山辺《やまべ》を現場保持に残すと、納は橋本を伴って近隣の住民たちに小山内の人となりについての聞き込みをはじめた。室内に入るのは鑑識が検分を終えた後にしようという判断からだったのだが、短時間の聞き込みで、次のことがわかった。

小山内は、最近大手電機メーカーを退職し、現在は一人暮らしとのことだった。このマンションで『便利屋』を開業したばかりだった。退職を機に離婚し、現在は一人暮らしとのことだった。

『便利屋』の方の経営状態もそれほど悪くはなく、一日何人かの来客もあり、外出することも多かったそうだ。電話秘書を頼んでいたため、事務所には他に従業員はなく、小山内一人で切り盛りしていたと、隣の部屋の主婦が教えてくれた。

小山内と結構交流があったというまだ若いその主婦の話では、小山内は離婚をそれほど苦にしている素振りを見せることもなく、昨日会ったときにも自殺を仄《ほの》めかすことも、特段何か思いつめている様子もなかったように思うし、『便利屋』としても、そんな、人に殺されるような危ない仕事をしているようにも見えなかったという。

「水道管が詰まったとか、そういった依頼が多かったみたいですよ」

まるでガテン系だってよく笑ってました、と主婦は話してくれながら、

「自殺も信じられないけど、他殺なんてもっと信じられません」

と痛ましそうに眉を顰めていた。

そうこうしているうちに鑑識と、警視庁捜査一課の刑事が到着した。

「納さん、お久し振りです」

既に顔馴染《なじ》みになっている竹中《たけなか》が納の姿を見つけて破顔する。

「もう、傷の具合は宜しいんですか？」

二ヶ月ほど前に被弾した足を気遣ってくれる彼に納は、

「もうすっかり」

と笑顔で返すと、友人の所在を尋ねた。

「今日は高梨は？」

「これから来るそうです。ちょっといろいろありまして」

「いろいろ？」

納が聞きとがめると、竹中はいけない、というように首を竦めてみせ、わざとらしく話題を逸らせた。

「ところで、ホトケさんの事務所がすごいことになってるって……」

「……何か物色したらしいが、徹底的にひっくり返されてますからね。遺留品を見つけるのも大変そうだ」

一体高梨の身に何が起こったというのだろう、と案じながらも、納は竹中の話題転換に乗ってやる。

「犯人《ホシ》がやったんでしょうかねえ？」

「そんな気がしますな」

竹中の問いに頷いてはみたものの、そのとき納の頭に浮かんでいたのは高梨に寄り添う田宮の姿だった。

『いろいろあった』というのは、まさか彼に関することではないだろうな、などと自分が考えてしまっていることに瞬時にして気づいた納は、慌てて意識を竹中へと戻すと、今まで聞き込んだ情報を伝えはじめた。

「しかし、今のところ小山内が――ああ、ガイシャの名ですが、彼がそれほどのヤバい仕事をしていたという話は入ってきていないんですよ。とはいえ、これだけ事務所が荒らされていますから、ウラでは何をやっていたかわかったもんじゃありませんが……」

「そうなんですか」

竹中が相槌《あいづち》を打ったちょうどそのとき、エレベーターの扉が開き、中から高梨が現れた。

「警視」

「高梨」

竹中と納、二人同時に気づいて声をかけると、高梨は早足で近づいてきながら、

「遅れてすまん」

と二人に向かって頭を下げた。

「僕も今来たところです。まだ室内には入っていません」

そう答えた竹中の横で納が状況を説明する。

「鑑識が今、事務所を荒らした犯人の遺留品を捜しているところだ。そろそろＯＫが出るんじゃないかな」

「サメちゃん、こないだはすまんかったな」

高梨が笑顔で納に手を上げる。高梨の休日に新宿西署の管轄内で殺人事件が勃発し、呼び出しがかかった高梨を、ちょうどアパートの近くにいた納がピックアップに来てくれた、そのときのことを言っているのだろう。

「いや……その節はどうも」

そのとき、応対に出た田宮の姿に鼻血を噴いたことを思い出し、納は顔を赤らめた。

「ああ、失敬。そんなつもりはないんよ」

高梨もそれを思い出したのか、苦笑しながら納の背を叩く。あの殺人事件はそれから数時間後に犯人が自ら出頭し、解決に至った。わざわざ休日を返上するまでもなかったかと高梨は一課内や新宿西署の刑事たちに随分同情されたものである。

「それよりどうした？　なんかあったのか？」

自分に都合の悪い話題から逃れようとしたわけではないが、懸案だった高梨の『いろいろあって』に言及しようと納が高梨の顔を見やると、高梨は、うーん、と言い淀《よど》んだあと、微

かに眉を顰め、

「……あとで話すわ」

すまんな、と納を拝む素振りをした。

「……ああ……？」

普段にない高梨のそんな態度が気になりはしたものの、何より今は事件のことを考えなければいけないときだ、と納も直《す》ぐに納得し、そろそろ鑑識にこちらから声をかけるか、と部屋の方を見やったところに、タイミングよく、鑑識係の武庫川《むこがわ》がひょいと扉の奥から顔を出した。

「お待たせしました」

「ご苦労さんです」

竹中がぺこりと頭を下げる横から、納が彼に声をかける。

「どうです？　なんか出ましたか？」

「あれだけ引っ掻き回してるにもかかわらず、痕跡《こんせき》ゼロです。目に付くところの指紋は全部拭《ぬぐ》ってありますし、靴跡なども発見できませんでした」

武庫川は肩を竦めてみせながら、納を、高梨を、そして竹中を見る。

「何か気づかれた点、ありました？」

高梨が尋ねたのは、武庫川の着眼に一目置いているからだった。鑑識は鑑識に徹していればいい、捜査に口は出すなという警察内の風潮を無視した高梨のこの手の質問は武庫川をはじめ、鑑識係たちのやる気を更におこさせていることを納はよく知っていた。

「一体犯人は何を捜していたんだろう、と皆で話し合っていたんですがね、簡易の金庫の鍵もあけちゃいるが、中身には手をつけてない。物品というよりは、紙類——書類か何かなんじゃないかと……。簞笥《たんす》の中身のひっくり返し方は、机の引き出しにくらべちゃおざなりで、いかにもカムフラージュくさいです。やっぱり『便利屋』の仕事関係なんじゃないかと思いますがねえ」

「書類か……」

「ま、どうぞ。だいぶ片付けました。足の踏み場のあるようにはしてあります」

武庫川に促され、高梨たちは室内へと踏み込んだ。部屋を見回した納が確かに『足の踏み場』が出来ている、と武庫川を振り返ったそのとき、若い鑑識係が奥の部屋から走り出してきた。

「武庫川さん、ベッドと壁の間からこんなモンが」

高梨たちに気づいて会釈をしながら、その若い鑑識係は武庫川に写真らしきものを手渡した。

「あのダブルベッド、動かしたのか？」

「ええ、壁にピンで何かを刺した痕《あと》がありましたんで、もしや何か落ちてないかと……」

「よく気づいたな」

武庫川が部下の着眼に満足そうな顔をし、肩を叩く。

「写真ですか？」

武庫川の手の中の写真を横から覗き込んだ竹中が、

「あ！」

と大きな声を上げ、高梨を見た。

「なに？」

「どうした？」

高梨と納も武庫川の持つ写真を覗き込み、それぞれに驚きの声を上げる。

「え？　知ってる男ですか？」

彼らの驚きぶりに逆に驚いてみせた武庫川が顔を見回すのに、皆一様に複雑な表情で「ええ」と頷き、それぞれに顔を見合わせた。

「上の方にピンで留めたあとがありますでしょ。多分本人も気づかないうちに壁から落ちたんだと思われます。一体ガイシャは何故、この男の写真をベッドサイドに飾っておいたのか……」

若い鑑識係が写真の形態から読み取れる状況を説明し続けるのを、武庫川が手で制し、

「どうしました？」

と、一番驚愕《きょうがく》を露《あら》わにしている高梨の顔を覗き込む。

「……いや……」

高梨は言葉を選ぶように一瞬目を泳がせたあと、押し殺した溜め息をつくと、武庫川の手から写真を受け取り改めてまじまじとそれを眺めた。

高梨がこうも驚いたのも無理のない話だった。写真に写っていたのは、彼が誰より愛しいと思う恋人——田宮の姿だったのである。

写真はどう見ても隠し撮りされたものだった。田宮の視線がレンズの方を少しも向いていない。通勤途中を撮られたものだろうか、見覚えのあるスーツに身を包んだ田宮の姿を、高梨は少しの手掛かりも見逃すまいといつまでも眺めていた。

「小山内が撮ったんでしょうか？」

やはり同じように高梨の手の中の写真を眺めながら竹中が尋ねるのに、

「彼のカメラは室内からは見つかってないですね」

フィルムもプリントされた写真も、一枚も見つかっていません、と武庫川が答え、「な？」と若い鑑識係に確認を促した。

「はい。デジカメもビデオも室内にはありませんでした」

「……事務所あらしの目的はソレか？」

納が高梨と写真をかわるがわるに見やり尋ねる。

「……竹中、小山内が仕事でカメラを使っていなかったか、この近辺の写真屋で現像を依頼したことがないか、至急聞き込んでくれ」

高梨はようやく写真から顔を上げると、厳しい表情のまま竹中に指示を出した。

「わかりました」

「それから、彼の交友関係をあたって『便利屋』の仕事の中身、出来るだけ聞き出すように。探偵まがいの素行調査などしていなかったか、その辺りを重点的に頼む。小山内の写真、ありますか？」

指示を出し終えると高梨は、納と、その後ろにいつの間にか控えていた橋本に向かって尋ねた。

「はい、免許の写し、用意できてます」

橋本が手にした写真を高梨に手渡すのに、

「早々のご手配、有難うございます」

高梨は笑顔で答えたあと、写真をまじまじと見つめた。

「見覚え、あるか？」

橋本から自分も写真を渡されながら、納が高梨に尋ねる。

「……まったく知らんね」

高梨は首を横に振ると、手にしたままになっていた田宮の写真を見た。

「……聞いてみなあかんな」

ぼそり、と呟いた高梨の声には珍しく覇気がなかった。かつて殺人事件の容疑者にされたこともある田宮が再び事件に巻き込まれるのではないかということを憂いたのである。

ようやく前の事件のほとぼりが冷めた頃だろうに、また警察の人間が仕事中に訪問しては田宮の迷惑になるだろう。高梨はポケットから携帯を取り出すと、納らに目礼しその場を離れ電話をかけはじめた。

「あ、ごろちゃん？」

田宮はすぐに応対に出た。

「仕事中、ごめんな」

高梨がそう言うと、電話の向こうで田宮は、

『大丈夫だけど……どうしたの？』

と尋ねてきたが、その声音はやはりいつもとは少し違うように高梨の耳には届いた。

「いや……実は至急ごろちゃんに見てもらいたい写真があるんよ。昼休みにでもちょっと出られへんかな？」

言葉を選びつつ高梨が用件を伝える。

『写真？』

田宮は意外そうな声を出し、一瞬考えるように黙り込んだあと、

『大丈夫だけど……なに？』

と心配そうに尋ねてきた。

「うん……詳しくは会うたときに話すわ。ほな、ランチデートってことで」

わざと明るい声を出した高梨は、以前も待ち合わせたことのある大手町のあるビルの中華店の名を告げた。

「シュウマイ食べよな」

『うん』

電話の向こうの田宮が一瞬、何か言いたげに息を吸い込んだのがわかった。

「なに？」

が、高梨が問い返すと、

『……じゃ、また後で』

田宮はそれだけ言って、電話は切れた。やはり様子がおかしい。その原因が自分にあるとは思わない高梨は首を傾げながら、もしやこの殺人事件と田宮になんらかのかかわりでもあるのではないかと心配し、また手の中の田宮の写真を見やった。

「俺も行こう」

納の声に、その場にいる彼らから逸れかけていた高梨の意識が引き戻される。

「頼むわ」

頭を下げたあと、高梨はまるで何事もなかったかのように、

「小洞天《しょうどうてん》のシュウマイは美味いさかいね」

と納に向かい、にっこりと微笑みかけたのだった。


十二時ちょうどに田宮は店に現れた。

「ごろちゃん」

高梨が立ち上がり手を振ると、やはり少し引きつったような笑みを浮かべ、テーブルへと近づいてきた。

「どうも」

高梨の横で、納が更に強張った笑顔を田宮に向ける。

「こないだはどうも」

納の存在に気づいた田宮が少しほっとしたような表情になったのを、高梨は複雑な思いで見つめていた。が、それを顔には出さず、

「いつものシュウマイ定食でえぇか？」

とランチのメニューを田宮の方へと差し出してやる。

「うん」

席につき頷く彼の顔を、高梨はウエイトレスに手を上げながら目の端でちらりと見やった。

「すみませんねえ。お忙しいところ」

納が額の汗を拭い拭いし、田宮に話しかけている。

「大丈夫だよ。それより……暑い？」

店内は寒いほどに冷房が入っている。あまりにひっきりなしに汗を拭っている納を見て微笑む顔はいつもどおりであるのに、何故自分に向けられる笑顔は強張るのか——自然と観察してしまうように彼の顔を眺めていた高梨の視線にはとうに気づいているはずであるのに、田宮は高梨が、

「あのな、ごろちゃん」

と声をかけるまでは、決して高梨の方を見ようとはしなかった。

「なに？」

顔を向けてきはしたが、彼の眼差《まなざ》しは伏せられている。と、ちょうどそこへ注文した料理が運ばれてきたために高梨は、

「先にメシにしようか」

と田宮の顔を覗き込むようにして、そう微笑みかけた。

「うん」

先ほどから田宮は自分には「うん」とか「なに」とか短い言葉しか発していない。朝より様子がおかしくなっている彼をすぐにも問い質したい気持ちを抑え込み、高梨は黙々と箸を

動かし続けた。田宮も何も言わずにメシをかっ込んでいる。

この沈黙に一番に音《ね》を上げたのは、二人ではなく納だった。

「ほんと、このシュウマイおいしいなあ。よく来るのか？」

「美味いやろ？　ごろちゃんにこの店、教えて貰うたんや」

な、と高梨が笑顔を向けると、田宮はまた短く、

「うん」

と頷き、無理やりのように微笑を浮かべてみせたあと、納へと視線を向け言葉を続ける。

「ここのシュウマイ有名なんだよ」

「……そうなんだ」

さすがの納も場の雰囲気が尋常ではないことに気づきはじめたらしい。ちらと高梨に向かって、どうしたんだというような眼差しを向けてきたが、高梨は、さあ、と首を傾げることしかできなかった。また沈黙が彼らの上に訪れる。

「そういえば、高梨」

またも沈黙に耐え切れなくなったのは納だった。

「なに？」

このガタイのいい友の気遣いに内心苦笑しつつ、高梨は納を見返した。

「さっき『あとで』って言ってたアレ……一体何があったんだ？」

納の言葉を聞いた田宮が微かに眉を顰め、自分を見上げたのを高梨は感じた。

「……ああ」

高梨は彼にしては珍しく口ごもると、マズいことを聞いたかな、というような顔をした納にまた笑顔を向けた。

「……ま、あとで話すわ」

「…………」

田宮の方を見ずに答え、再び顔を伏せ箸を動かしはじめる高梨を、田宮は何か言いたげな顔で見つめていたが、やがて彼もまた顔を伏せて黙々と箸を動かしはじめた。

「……ああ、わかった」

一体この二人はどうしてしまったのか、と気のいい新宿サメは内心首を傾げながらも所在なく自分も箸を動かし続けたのだった。


食事が終わったあと喫茶店に場所を変え、高梨は田宮の前に小山内の写真を示した。田宮は写真を見ると不思議そうな顔をし、

「誰？」

と高梨と納を代わる代わるに見返した。

「……見覚え、全然ないか？」

高梨が田宮の顔を覗き込む。田宮は写真を手に取り、まじまじとそれを見たが、やはり少しも覚えのない顔だったのか、写真を高梨に返しながら再び同じ問いを発した。

「……誰？」

「じゃあ今度はこれ」

高梨が内ポケットからもう一枚の――田宮の写っている写真を取り出し、田宮の前に置いた。

「なにこれ？」

田宮は心底驚いたような声を上げると、気味悪そうに写真を取り上げ眉を顰めた。

「誰がこんな写真、撮ったんだ？」

「撮られた覚え、ない？」

「まったく……」

田宮は首を傾げながらまたまじまじと写真を眺めると、逆に高梨に問いかけてきた。

「これ、いつ撮られたんだろう？」

「……日付が入っとらんからね」

わからんな、と高梨は答えると右手を伸ばして田宮から写真を受け取った。

「一体、どういうことなんだよ？」

二人の間の気まずさも吹き飛ぶほどの驚きだったのか、田宮がいつもの調子で高梨に問いかける。

「……さっき見せたこの写真の男な、今朝、新大久保駅のホームから転落してん」

「え？」

高梨の答えに田宮は心底驚いた様子で、大きく目を見開いた。

「突き落とされたんちゃうか、という話になってな、それで僕らが出張ってきたんや。この男、新大久保で便利屋をやっとる、小山内ゆうんやけど、ごろちゃん、ほんまに知らんかな？」

「便利屋？」

再び渡された写真を見たあと、田宮は困ったような視線を高梨に向けてきた。どうやら本当に少しも覚えがないらしい。高梨は簡単に写真を発見したときのいきさつを説明すると、

「どうやろ？　なんぞ心当たりはないかなあ？」

と田宮を真っ直に見返した。

「心当たりって……」

田宮が益々困った顔になる。

「なんでもええんや。なんか最近変わったこと、なかったかな？」

変わったこと、という言葉に、田宮の眉は微かに動いた。が、

「どないしたん？」

と高梨が顔を覗き込むと、

「いや……」

と田宮は言葉を濁し「別に……ないと思う」と俯《うつむ》いた。

「さよか」

いつもの高梨であれば、しつこいくらいに食い下がっただろうが、田宮のどことなく構えた様子が彼への追及を躊躇《ためら》わせた。間もなく時刻が午後一時になるところだったので、高梨は田宮にわざわざ出てきてくれたことへの礼を言い、『聞き込み』もしくは『事情聴取』はそこで終了となった。

「なんでも気ぃついたことあったら、ケータイならしてや？」

それでも別れしなにそう声をかけると田宮は無言で頷き、それじゃあ、と彼らに頭を下げて仕事へと戻っていった。

「なんだ、喧嘩でもしたのか？」

一人地下道を去ってゆく田宮の後ろ姿を見ながら、納が高梨に尋ねてくる。

「いや……？」

否定はしたものの、高梨もまた田宮の様子が気になり首を傾げた。

「ああ、すまん。立ち入ったこと聞いたな」

慌てて謝る納に「気にせんでええよ」と微笑み返しはしたが、高梨自身も田宮が何を考えているのか、何故自分に対する態度がぎこちないのかが、気になって仕方がなかった。

彼と向かい合い話したいが、この事件の捜査のためにまた今日の帰宅も夜遅くなるだろう。下手すると泊まり込みになるかもしれない。

明日には機嫌が直っていてくれればいいが――。

そう思いながら高梨は再び手の中の、誰に撮られたかもわからぬ田宮の写真を見やると、納にこれ以上気を遣わせまいという配慮から、彼に気づかれぬように密かに溜め息をついたのだった。

なんとか午後の始業に間に合うように社に戻れたことにほっと安堵《あんど》の息を漏らした田宮のもとに、一通の宅配便が届けられた。

「これ？」

持ってきてくれた隣のラインの事務職に尋ねると、電話当番だったという彼女は荷物が届いた時間を教えてくれた。

「時間指定だそうで、昼休み中に届きましたよ」

差出人のところは滲んでいてよく見えない。見覚えのない社名に首を傾げつつ、書類用の宅配便の封筒を鋏《はさみ》で開くと、中からまた茶封筒が現れた。

「？」

厳重だな、と思いながらその封筒も鋏で封を切る。中にはどうやら数枚の写真が入っているらしい。今度展示会が名古屋であるのだが、その関係だろうか、とあまり深く考えず封筒から写真を取り出した田宮は、それを見た瞬間驚きのあまり大きな声を上げそうになった。

「…………」

手にした写真を取り落としそうになったのを胸の前でしっかりと握り締め、一体どういうことだと再びこっそりと写真を眺める。

昼休み明けで皆ばたばたと電話などをしていてくれたおかげで注目されずにすんだのが幸いだった。田宮は封筒を手にしたまますぐ近くの会議室へと向かった。空室表示が出ているその部屋に入ると後ろ手で鍵をしめ、再びまじまじと手にした写真を眺める。

そこに写っていたのは――自分、だった。

宅配便で送られてきたのは、さきほど高梨に見せられたのと同種の、どう見ても隠し撮りされたとしか思えないような自分の写真だったのである。

写真は通勤途中のスーツ姿のものが二枚、夜にアパートに戻るところが一枚、最後の一枚は、アパートの室内を窓の外から隠し撮りされたらしい、トランクスにTシャツという、いつも寝るときの姿のもので、写真の隅には高梨らしい人影も写っていた。

一枚一枚、食い入るように写真を眺め、順番に捲《めく》っていくうちに、田宮の全身が総毛立っていった。

一体誰が、何の目的でこのような写真を撮り、それを自分に送りつけてきたというのか――気味悪さのあまり写真をまた封筒に仕舞おうとして、中に紙片が入っていることに田宮は気づいた。取り出してそのA４の紙片のワープロの文字へと目をやる。

『田宮吾郎様

昨夜はお相手の帰りが遅く、寂しい思いをしましたね。

一昨日の夜、随分乱れていた君の様子に、私も興奮してしまいました。

今夜はどんな夜を過ごすのか……君も楽しみでしょうが、私も楽しみにしています』

読み終わった途端、田宮は思わずその紙片を破りかけ――いけない、とそれを再び折り込むと震える手で封筒の中へと仕舞った。鏡を見なくとも、自分が真っ青になっているであろうことは軽く予測がつく。

一体これは——なんなのだ？

悪戯《いたずら》にしては気味が悪すぎる上に手が込みすぎている。誰が、何の目的でこんなものを自分に送ってきたのか、理性的に考えることは今の田宮には到底できはしなかったが、仮に冷静な思考力が戻っていたとしても、その人物にも、動機にも思い当たるところは彼には少しもなかった。

無人の会議室でしばし呆然《ぼうぜん》と立ち尽くしていた田宮だったが、午後一番で使う予定の社員にドアをノックされるにあたり、ようやく我に返ると、

「すみません」

と謝り部屋を出た。席についても、とても仕事をする気力は起こらなかったが、向かいの席の同僚の不審な視線を感じ、仕方なくパソコンの画面などを見つめてみる。田宮の頭に先ほど別れたばかりの高梨の顔が浮かんだ。思わず田宮はポケットから携帯電話を取り出し、それをぎゅっと握り直した。

『なんでも気ぃついたことあったら、ケータイならしてや？』

こんな写真が届いたことを高梨に知らせるべきだろうか。殺されたかもしれない小山内という便利屋と、自分のもとに届いたこの写真や手紙は関係があるのか、ないのか。毎朝車内で自分に密着してくる『痴漢』は——？

と、そのとき、握り締めたままになっていた自分の携帯電話が着信に震えた。傍目《はため》にもわ

かるほどにびくりと身体を震わせてしまった田宮だったが、もしや高梨では、という期待のもと開いた画面には見覚えのない番号が浮かんでいる。

再び田宮の胸は、どきりといやな鼓動に震えた。一体誰だ、と思いながらも、

「はい？」

と電話に出た田宮の耳に、張りのあるバリトンが響いてきた。

『佐伯です。今、大丈夫ですか？』

佐伯――電話の相手が名乗ったことに、安堵の息を漏らしたものの、田宮は即座には相手が誰であるかがわからなかった。

「大丈夫ですが……」

取引先だろうか、それとも、と考え、ああ、そういえば、と昨夜一緒に飯を食べた、一分の隙もないグレイのスーツの彼を田宮は思い出した。

昨夜佐伯に携帯の番号を聞かれ、彼のも教えてもらいはしたのだが、まさかかけたりかかってきたりはしないだろうと思っていたため、彼の番号を自分の携帯に登録していなかったのだ。リアクションに遅れた田宮だったが、それを気づかせぬくらいの気配りはできた。

「昨日はご馳走になりまして……」

言葉を続けながら、田宮はポケットから名刺入れを取り出した。昨夜貰った佐伯の名刺に書いてある携帯番号は確かに今、かかっている番号と同じようである。

あとで登録しておこう、と考えていた田宮の耳に、佐伯の声が響いた。

『いえ、昨日の今日でお電話するのもどうかと思ったんですが』

美声、とはこういう声を言うのではないだろうか。耳に心地よい彼の声を聞きながら、本当に「昨日の今日」で一体何の用だろう、と田宮は電話を握り首を傾げた。

『実はさきほどまで、大手町の客先にいたんですが、そういえば田宮さんの勤め先が近かったなあ、と思いつきましてね』

つい電話をしてしまったのだ、と言うと佐伯は、

『用もないのに、申し訳ありませんでした』

と丁寧に詫びた。

「いえ……」

ほかに答えようもなく、見えもしないのに愛想笑いを浮かべ相槌を打つ田宮に、

『それじゃあ、本当に失礼しました』

佐伯は尚も丁寧に詫びると電話を切りかけた。が、田宮が、

「またご一緒しましょう」

と社交辞令を言い、電話を切ろうとすると、

『あの……』

と言いにくそうに言葉を継いできた。

「はい？」

『……大変申し上げにくいのですが、なにか気にかかることでも？』

「え？」

突然の問いかけにぎくりとしてしまった田宮だったが、その気配を察してか、佐伯が慌てたように言葉を続けた。

『いえ、先ほど電話に出たときの声の様子がおかしかったものですから……』

「…………」

リアクションに困り、黙り込んだ田宮の耳に、滔々《とうとう》と喋る佐伯の声が響いてくる。

『昨夜、ちらとお話しになっていた車内の痴漢の話が気になりましてね。というのが友人から似たような話を聞いたことを思い出したもので……もしやその件で何かあったのでは、と差し出がましいとは思いつつ、ついつい尋ねてしまったんですが』

佐伯はそこまで言うと、田宮の返答を待つように言葉を切った。

「……ありがとうございます」

そういうことか、と田宮は納得したが、またもなんと答えていいものかわからず、気遣ってくれたことに対する礼を述べるに留《とど》めた。

『……何か気になることでも？』

それでも尚、重ねて尋ねてくる、電話の向こうの佐伯の声があまりに誠意に溢れていたからだろうか、それとも先ほど送られてきた宅配便のショックがまだ尾を引いていたためだろうか、普段の田宮であれば、「いえ、大丈夫です」と明るく答えるところであるのに、どうしようかと逡巡《しゅんじゅん》し、黙り込んでしまった。

『……そうだ、今晩、お時間ありますか？』

田宮の沈黙をどうとったのか、不意に佐伯が明るい声で尋ねてきた。

「え？」

戸惑い問い返す田宮に、佐伯が食事の誘いを口にする。

『よろしかったら、夕飯でもご一緒しませんか？』

電話越しに聞こえる佐伯の声は、田宮の警戒心を解くには充分すぎるほどに自然な調子であった。

「……え？」

どうしよう、と迷い、電話を握り締めた田宮に佐伯は、熱っぽく言葉を続ける。

「一人で悩んでいるより、誰かに話したほうが気が楽になりますよ。それにね、私の友人の話でもちょっと気になることがありましてね、あなたが危険な目に遭ってはいないか、ついつい心配になってしまって……」

「……え？」

『気になること』というのはなんだろう、と田宮がまた戸惑いの声を上げる。

『……実はそれが気がかりで、こうして電話したようなものなんですけどね』

苦笑するように笑った佐伯の声は、あまりに心地よく田宮の耳に響いた。

「……佐伯さん……」

『七時に田宮さんの会社のロビーで待ち合わせ、で、いかがです？』

佐伯の誘いに、田宮はあまり深く考えることなく了解の意を伝えていた。

『それじゃあ』

佐伯が時間と場所を復唱し、電話を切る。田宮もまた電話を切ると、目の前に置かれた封筒を見やり、大きく溜め息をついた。

高梨に連絡を入れようか、という考えは既に彼の頭からは消えていた。代わりに田宮の頭を占めていたのは、昨夜会ったばかりのあの男——二十八歳にして独立した青年企業家の告げた『気になること』という意味深な言葉であった。

5

午後七時、田宮がロビーへと降りて行くと既に佐伯はエントランスの前で彼を待っていた。

「お待たせしました」

慌てて駆け寄る田宮に、

「僕も今、来たところです」

と佐伯は微笑むと、行きましょうか、と田宮の背に腕を回すようにして彼を出入り口へと促した。

「銀座にでも出ましょうか」

佐伯が田宮に問いかけ、田宮が「そうですね」と頷く。そうして二人して肩を並べ、タクシー乗り場へと向かう姿を、柱の陰で驚愕に目を見開きながら見守る者たちがいた。

「サメさん……」

戸惑ったような声を上げたのは新宿西署の橋本だった。

「ありゃ一体誰だ？」

その後ろから納が首を傾げながら現れる。

昼間の田宮の様子が気になり、納は高梨には内緒で彼を張り込むことにした。別に隠すこともなかったのだが、高梨に申し出たところ「ええよ」と断られてしまったために、こそこそせざるを得なくなってしまったのだ。

今日の田宮はあきらかに様子が変だった。その原因が小山内の事件にあるとはさすがに納も考えてはいなかったが、気になるものは仕方がない。本当であれば高梨こそ、気になって仕方がないであろうに、田宮との関係や己の立場から自ら張り込むとは言えず、部下に指示も出せないのだろう。

それがわかるだけに、納はあえて自分が田宮に対する警護の意味を含め、張り込むことにしたのであったが、それがあからさまな『大義名分』のように思えて、納自身、どうにも居心地が悪いと思っていた矢先、思いもかけない男の出現となったのだった。

「……さあ？」

首を傾げながらも、橋本はにやりと笑うと、

「もしかして『ごろちゃん』の新しいコレ？」

と、ふざけて親指を立ててくる。

「馬鹿」

思いきりその頭を叩くと、納は「行くぞ」と田宮と男のあとを追いはじめた。

「それにしても誰なんですかねえ？」

「俺が知るかよ」

自然と口調が尖ってしまうのは、もやもやとした思いが納の胸に込み上げてきたからであるのだが、それに気づいているのかいないのか橋本は、

「いかにもエリートって感じですよねえ……それにしてもいい男だな」

そう、更に納の神経を逆撫でするような言葉を漏らし、再び頭を叩かれた。

「タクシーらしいな」

「覆面、回してきます」

見失ってはなるまいと、途端に真面目な表情になった橋本に無言で頷くと、納は己の内に渦巻くもやもやした思いを抑え込み、前方を歩く二人へと再び厳しい目を向けたのだった。


昨日はご馳走になったので、今日は是非自分に出させてくれ、という田宮の主張は一応通った。何処《どこ》へ行こうか暫《しば》し考えたあと、接待で何度か使ったことのある『かなざわ』という加賀料理の店に田宮は佐伯を連れて行った。いつものようにカウンターには座らず、馴染みの女将に個室への案内を乞《こ》う。

「いい店だね」

注文を終え座敷で膝を崩したあと、ビールで乾杯しながら佐伯が、おそらく世辞なのだろうが、店を誉《ほ》めた。

「よく来るの？」

「ええ。見た目よりね、安いんですよ」

そう言ったあと、佐伯がくすりと笑ったことではじめて田宮は自分の失言に気づいた。昨夜、六万円もの高額な焼肉をご馳走してもらったにもかかわらず、『見た目より安い』店に連れてきたというのはさすがに失礼だろうと、フォローを入れようとする。

「でもね、おいしいんですよ」

だが、そのフォローがあまりにとってつけたようであったからか、佐伯がたまらず吹き出した。

「そんなに笑わなくてもいいじゃないですか」

頬に血が上るのを感じつつ、田宮が恨みがましく佐伯を睨む。

「ごめんごめん」

佐伯はまだくすくす笑いがおさまらないようで、謝りながらも笑い続けている。

「どうぞ」

田宮は照れ隠しもあり、ビール瓶を持つと佐伯のグラスにビールを注《つ》ぎ足した。

「どうも」

ようやく笑いがおさまった佐伯が、田宮の手からビール瓶を取り上げ、グラスにビールを注ぎ返してくれる。

そうして二人は料理が揃《そろ》うまでの間、ビールを注いだり注がれたりしながら、なんでもないような話に興じていたが、やがて注文の品が出揃い、追加した冷酒を持ってきた女将が、

「ごゆっくり」

と頭を下げて座敷を出て行くと、佐伯は不意に真剣な顔になり田宮に問いかけてきた。

「……で、一体何があったんだい？」

「……あ……」

いきなり話を振られ、田宮はしばらくの間、どこまで話そうかと逡巡し黙り込んだ。佐伯はそんな彼の猪口《ちょこ》に日本酒を注ぐと、

「……それじゃ、先に僕の友人の話をしよう」

そう言い、次のような話をしはじめた。

佐伯氏の友人——女性だそうだが——も、田宮のように、あるときから通勤の途中毎日のように痴漢に遭うようになった。時間を変えても車両を変えても痴漢の被害は続く。

気味悪さから、たまらず警察に相談したところ、所轄の刑事が通勤電車に同乗してくれることになった。その刑事の目の前で彼女に痴漢行為を働いた男を現行犯逮捕したのだそうだが、逮捕したあと驚くべき事実がわかったというのである。

「まあ、言うなれば『ストーカー』だね」

「ストーカー？」

眉を顰めて田宮が問い返すと、佐伯は、ああ、と頷き話を続けた。

「その男は彼女の取引先の営業担当窓口だったんだが、彼女への愛情表現がひどく屈折していてね、朝から晩まで彼女に気づかれぬよう、つけまわすことに無類の喜びを得ていたというんだ。最初は彼女を『高嶺の花』と思い、陰からこっそり見ていたんだが、そのうち『気づかれないように見る』というのが快感になってきたらしい。だんだんとそれがエスカレートしていって、彼女のマンションの向かいに部屋を借り、彼女の姿を望遠カメラで盗撮したり、どうやって入り込んだのか彼女の部屋に盗聴器を仕掛け、日常生活の録音データを作ったりもしていたそうだ。警察が男の部屋を捜索したとき、千枚を越す彼女の写真が部屋の壁一面に貼られていたというんだが、その気味悪さといったらなかった、と、あとから部屋を見せてもらった彼女は随分いやな顔をしていたよ」

話を聞いているうちに、田宮の顔は青ざめていった。

盗撮——まさに今日送られてきた写真は、自分の部屋を盗撮したものに違いない。そしてあの手紙の文面——。

あれは暗に高梨との行為のことを言っているに違いなかった。猛暑の折には部屋のカーテンを開け放して風を入れることもあるが、さすがに行為の最中にはカーテンどころか窓も閉める。

それほど安普請ではないので、隣の部屋の声や音は、壁に耳でもつければ別だろうが、普通にしていれば殆《ほとん》ど聞こえることはない。と、いうことは、やはり佐伯の話に出てきたストーカーの被害者のように、自分の部屋にも盗聴器が仕掛けられている、ということなのだろうか。

「そんな……」

あまりの気味悪さに絶句し、青ざめた田宮の顔を、佐伯が覗き込んでくる。

「どうしたの？」

「…………」

田宮は無言でそんな彼の端整な顔を見返すことしかできずにいた。

「……心当たりが、あるんだね？」

やはり、といった感で佐伯が頷く。つられたように頷いてしまった田宮は、ぽつぽつと、今日来た宅配便のことを話しはじめていた。

佐伯は難しい顔をして彼の話を聞いていたが、一通り田宮が話し終えると、

「それ、現物持っているかい？」

と尋ねてきた。

「うん」

「よかったら見せて貰えるかな?」

「え?」

田宮が一瞬怯《ひる》んだのも無理はない。佐伯が親切心から相談に乗ってくれているのはわかるが、だからといって誰が撮ったかわからない自分の写真や、自分宛ての手紙を見せる気にはなれなかった。それが佐伯にも通じたのだろう、じっと田宮の目を見つめ、訴えかけてくる。

「見せろ、と言われて、はいそうですか、と見せられない君の気持ちはわかる。でもね、さっき話した僕の友人のストーカー被害の際に、僕は彼女のところで、撮られた写真や、仕掛けられた盗聴器の現物を見ているし、警察の捜査にも協力し、立ち会わせても貰っているんだ。きっと君の役に立つと思う。単なる興味で見せろ、と言っているのではないということは、分かってもらえるよね?」

佐伯の真摯《しんし》な眼差しに心動かされたということもあるが、何よりあのような気味の悪い写真や手紙が届いたことで、田宮もかなり心細くなっていた。だからこそ彼は、普段なら明かすことなどないであろうに、宅配便のことを佐伯に告げたのであるし、今もまた、佐伯に請われるがままに、その宅配便で届いた茶封筒を取り出してしまったのだった。

田宮の手からそれを受け取り中身を改めている佐伯の目は真剣そのもので、ひとつの手がかりをも見逃すまいとでもいうような彼の眼差しは、田宮に高梨を連想させた。

やはり、電話すべきだっただろうか——。

昼間別れたときの心配そうな高梨の顔が田宮の脳裏に浮かぶ。そういえば、納刑事が気になることを言っていたな、と田宮は今更のように、気まずそうに口ごもった高梨の表情を思い起こした。一体彼の身に何が起こったというのだろう。あとで話す、と言っていたが、自分には聞かれたくない内容なのだろうか。

もしや、寝言で呼んだあの名前と何か関係があるのでは——？

『かおる』

誰のものともわからぬその名がまたも田宮の胸を刺す。

「……かな？」

いつのまにかぼんやりしてしまっていたらしい。目の前の佐伯が何か尋ねてきたのに、田宮ははっと我に返った。

「え？」

慌てて顔を上げ、佐伯を見返す。佐伯は一瞬苦笑するような笑みをみせたあとに、改めて田宮に尋ねてきた。

「この写真は僕の友人の場合と同じく、向かいのアパートからでも隠し撮りされたもののようだけど、該当する建物はあるかな？」

「……うん……」

確かに向かいには同じくらいの高さのアパートはある。が、住人については当然のことながら田宮が知る由もなかった。

「すまないが手紙も読ませてもらった。それで大変不躾《ぶしつけ》な質問なんだが……どうなんだろう？　この『一昨日』『昨日』というのは、手紙の通り……」

そこで佐伯は一瞬言葉を選ぶようにして黙り込んだ。田宮もなんと答えればいいものかと佐伯の手の中の紙片を見やる。手紙の主の言うとおり、一昨日の夜は『楽しんだ』し、昨日は高梨の帰りは遅かった。が、それをそのまま伝えるのは、いくら協力をかってでてくれているとはいえ、さすがに憚《はばか》られた。

田宮の沈黙を肯定と取ったのだろう、佐伯は、うーん、と考え込むように腕を組むと、

「……盗聴器、だろうね」

と紙片を再び封筒へと仕舞いながら田宮にそう告げた。

「盗聴器？」

「ああ。まさか君も常に窓を開け放しているわけじゃないだろう？　この悪趣味な手紙の差出人が閉ざされた室内の様子を知り得ることができたのは、多分君の部屋に盗聴器を仕掛けているんじゃないかと思うんだ」

「そんな……」

田宮は信じられない、と即座に否定したかったが、目の前の事実がそれを許さなかった。

それにしてもいつの間にそんなものを仕掛けられたというのだろうと考える田宮の箸を持つ

手は、完全に止まってしまっていた。

自分の置かれている状況が気味悪くて仕方がない。一体誰が、何処から、なんのために自分を『見て』『聴いて』いるというのだろう——自然と唇を噛み、黙り込んだ田宮の顔を、佐伯も無言のまま暫く見つめていたが、やがて、

「捜してみよう」

いきなりそう大きな声を出したものだから、田宮は驚き彼を見やった。

「はい？」

何を、と眉を顰めた田宮に、佐伯は驚くべき申し出をしてきた。

「よかったらこれから君の部屋へ行き、二人で盗聴器を捜さないか？」

「え？」

いきなりの展開についていかれず絶句する田宮に、佐伯はたたみかけるような口調で話を続ける。

「大丈夫、さっき言ったろう？　友人の部屋の捜査に立ち会ったことがあるって。そのとき盗聴器についての知識は一通りレクチャーを受けたのさ」

「いや、それではあんまり……」

「遠慮することはない。非常事態だからね」

遠慮というよりはむしろ拒絶であったのだが、そういう日本人らしい田宮の気配りを佐伯

は全く無視した。

「それじゃ、早速行こうか」

半ば強引に田宮の腕を摑み、立ち上がろうとする。

「行くって……」

「君の家だよ。丸ノ内線沿線なの？　銀座から乗ればいいかな？」

「そうなんですけど、でも……」

勢いに押されそうになるのを何とか踏みとどまると、田宮はせっかく好意で申し出てくれているところを申し訳ないと思いつつ、言葉を選びながら佐伯の申し出を拒絶しようとした。

「そこまでしてもらうのは、ほんと、申し訳ないので……」

できるだけ不快に思われないようにと、ソフトに表現したせいか、佐伯には今回も田宮の意図はまるで通じなかったようだ。

「遠慮は不要だと言っているだろう」

田宮に微笑みかけたあとに、逆にこう問い返してきた。

「それとも迷惑、ということなのかな？」

「…………」

狡《ずる》い、と田宮は溜め息をつき「ん？」と小首を傾げてみせた佐伯を思わず睨んでしまった。

『迷惑か』と問われて『迷惑だ』と自分が答えられないことを予測した上で、佐伯はそう問うてきたのだろうとわかったためである。

「……佐伯さん、強引ですね」

ここで『迷惑だ』と言い切ることもできた。が、部屋に盗聴器が仕掛けられているかもしれないという疑いが、田宮をいつになく臆病《おくびょう》にしていた。

佐伯は田宮を心底心配し、純然たる好意から申し出てくれているようである。多少やり方は強引であるが、頼むか、と田宮は心を決め立ち上がった。

それでもつい、彼の口から悪態めいた言葉が漏れたのを佐伯は聞き逃すことなく、

「曲りなりにも経営者たるもの、このくらいのゴリ押しはできないとね」

そう言い、田宮に向かって惚《ほ》れ惚れするような笑顔をみせたのだった。

一時間ほどで『かなざわ』という店を出て、丸ノ内線の銀座駅へと向かう田宮と佐伯の姿を、納と橋本は物陰から窺っていた。

「何処へ行くんでしょう?」

つけますか、と小声で問い掛ける橋本に無言で頷くと、納は目立たぬよう距離をおき、彼らのあとをつけはじめた。

人ごみに紛れそうになる田宮と長身の男の後ろ姿を眺めながら納は、田宮に近く顔を寄せ話しかけている男の素振りを随分馴れ馴れしいものに感じ、小さく舌打ちした。

彼らが店に入った直後、女将に聞き込んでみたが、女将は田宮の名しか知らなかった。

一体あの長身の男は誰なのか——男の問いかけに笑顔で答えている田宮の横顔がちらちらと見える。

親しそうといえば親しそうだが、愛想笑いにも見えないことはない、などと考えてしまっている自分にこそ舌打ちすべきじゃないか、と納は軽い自己嫌悪に陥りつつも、彼らの姿を見失うまいと橋本と二人、歩調を速めた。

田宮と男は丸ノ内線に乗り込み、やがて田宮の自宅のある東高円寺で下車した。まさか田宮はあの男を自宅に連れて行こうとしているのではあるまいな、と納は落ち着かない気持ちのまま、彼らのあとをつけてゆく。

納の考えが杞憂《きゆう》などではないことがわかるのには、それから十分もかからなかった。

「……どういうことだ？」

まっすぐに田宮のアパートへと向かっていく二人の姿を見ながら納はひとりごちたが、答えなど出るわけはない。納の脳裏に昼間に見た、田宮の引き攣《つ》ったような微笑が浮かんだ。

彼の様子がおかしかったことに、今、肩を並べて談笑している端整な顔をしたあの長身の男が関係しているとは、納は思いたくなかった。納にとっての田宮は、高梨の愛する『ごろちゃん』であり、同時に高梨を愛する『ごろちゃん』であった。

田宮に対する己の思いを深く考えたことはなかったが——というよりは、敢《あ》えて考えることを避けてきたのではあるが——決して負け惜しみなどではなく、田宮の傍らには高梨がいるべきだと思うし、二人の幸せそうな姿を見るのは納にとっても何故かひどく好ましかった。

それだけに、昼間のぎこちない二人の様子に、当人たち以上にやきもきしてしまったのであったが、そんな納の目の前で今、田宮は高梨以外の男を自分の部屋に上げようとしている。

「入っていきますよ」

カンカンとアパートの外づけの階段を上る音を聞きながら、納と橋本は向かいのアパートの門柱へと身を潜めた。

「ごろちゃんの友達、でしょうかね？」

「……女将は接待先じゃないかと言ってたが……」

ひそひそと彼らが言葉を交わしているうちに、田宮の部屋の電気がついた。

「……なんかちょっと後ろめたいっすね」

橋本に言われるまでもなく、田宮のプライベートを覗き見ていることに対する罪悪感は、先ほどからずっと納の中にも巣食っていた。高梨には内緒で彼を張り込んでいるという事実もその罪悪感に拍車をかけている。田宮の身の安全のためなのではあるが、やはり顔見知りの張り込みはやりにくいな、と納と橋本が顔を見合わせ、溜め息をついたそのとき、

「あ」

不意に声を上げた橋本が、慌てたように納のスーツの腕を摑んだ。

「なんだ？」

振り返って彼の視線を追った納も、思わず声を上げそうになる。慌てて隠れていた門柱のより内側に身を隠した彼らの視線の先には、田宮のアパートに向かって歩いてくる高梨の姿があった。

納と橋本は固唾《かたず》を飲んで高梨が目の前を通りすぎるのを見つめていた。丁度彼からは二人の位置は死角になっていたようで、気づくことなくアパートの階段をカンカンと音を立てて上っていく。そんな友の姿を、納は複雑な思いで見送った。

「……修羅場？」

そう呟いた橋本の頭を納は力いっぱい叩いたのだが、実は納自身も同じようなことを考えていた。

これからあの部屋でどのような情景が繰り広げられるのか――高梨が帰ってきた以上、張り込む必要などないことはわかっていながら、納も橋本もその場を動くことができず、無言のまま田宮の部屋の灯りを見上げ続けたのだった。

6

「散らかってるけど……」

鍵を開けそう言いながらも、田宮は佐伯を自分の部屋へと連れてくることになってしまったことに未だに戸惑いを覚えていた。

「綺麗にしているじゃないか」

ぐるりと室内を見回したあと、自分に向かってにっこりと微笑みかけてきた彼と初めて会ったのはまだ昨日のことなのだ。

「コーヒーでも淹れますね」

「どうぞおかまいなく。それより、部屋を見せてもらってもいいかな」

佐伯は田宮にそう言うと室内を歩き回りはじめた。一旦キッチンへと行きかけた田宮も彼の後ろについて歩く。

「盗聴器の最もポピュラーな形態はコンセント型だそうだ。差し込みプラグとしての役割もちゃんと果たしているので、ポピュラーではあるものの、気がつく確率は低いと警察も言っていたが……」

と、ここで佐伯はサイドボードの脇の壁にあるコンセントの前で足を止めた。後ろから田宮も差込口を覗き込む。佐伯は膝をつくとコンセントに差さっていた差し込みプラグを勢いよく引き抜いた。プラグからコードを全て抜いたあと、差込口を耳元で軽く振ったかと思うと、

「ドライバー、あるかい？」

と田宮を振り返った。

「はい」

強張った顔のまま田宮は立ち上がり、道具箱を取りにキッチンへと向かった。

『かなざわ』で佐伯の話を聞いたときには、正直なところ自分の部屋に本当に盗聴器が仕掛けられているとはとても信じられずにいた。

部屋の鍵はディンプル錠だし、何より同居しているのは警視庁の警視だ。彼の目を潜《くぐ》ってこの部屋に侵入し、盗聴器を仕掛けることなどできるわけがない、と田宮は高梨への信頼感からそう考えていたのだったが、ドライバーを手渡された佐伯が差し込みプラグを解体するにあたり、自分の考えが甘すぎたことに嫌でも気づかされたのだった。

「……やはり、な」

佐伯はそう言い、田宮に向かって開いたプラグを示した。四角いプラグの中に黒色の小さな精密機械が埋まっている。

「……これが……盗聴器？」

盗聴器など見たことがなかった田宮が問いかけると、佐伯は頷いてみせたあと、プラグの中からその機械を引っ張り出し、細いコードを千切った。

「いつの間に……」

呆然としてしまいながら田宮が佐伯の手の中の小さな機械を見つめ呟いたとき、不意にドアチャイムの音が室内に鳴り響いた。思わず佐伯と目を見交わしたあと、心配そうな佐伯の視線を背に、田宮はゆっくりとドアへと向かった。

「はい？」

自分でも驚くほどに声が硬い。胸の鼓動が急速に速まっていくのを感じつつドアに向かって声をかけた田宮だったが、

「ただいまあ」

という聞き慣れたその声がドアの向こうから聞こえてくると、脱力して佐伯の方を振り返った。

「『ただいま』？」

佐伯が微かに眉を寄せ、問い返してくる。

「ちょっと……」

田宮は彼に対し言葉を濁すと、急いでドアの鍵をあけた。

「ただいま」

外側に開かれたドアから入って来た高梨が、そのまま田宮の身体を抱き締めようとする。田宮は慌てて彼の胸に手をつきそれを制した。

「ごろちゃん？」

「おかえり」

いつもの『ただいまのチュウ』『おかえりのチュウ』を交わしたがらないことを訝《いぶか》ったらしい高梨に田宮は、来客がいるのだ、と伝えようと佐伯を振り返った。

「どうも」

立ち上がり、会釈をしてきた佐伯に高梨は少し驚いた顔をしたが、

「どうも」

と挨拶を返し、誰だというように田宮の顔を覗き込んできた。

「……今日は遅いんだと思ってた」

田宮は話を逸らせようとしたわけではなかった。『誰』と答えればいいのだろうと一瞬考えてしまっただけなのであるが、そんな田宮の顔を高梨は一瞬何か言いたげにちらと見たあと、

「今日から当分泊まり込みになりそうやからね、下着とか取りに来たんよ」

そう言い、田宮の傍らをすり抜けるようにして室内へと入ってきた。

「そうなんだ……」

彼のあとについて歩きながら、田宮が「メシは？」とその背に問いかける。

「うーん、あまり時間がないんよ」

高梨は田宮に答えながらも、真っ直ぐに佐伯に向かって足を進めた。気づいた佐伯は無言のまま、高梨の視線を受け止めている。

「はじめまして。高梨です」

「佐伯といいます」

互いに名前だけを告げると、まるで睨み合うかのように二人は無言で互いを見やった。妙に緊迫した空気に、やはりここは自分がそれぞれを紹介するべきか、と、田宮が高梨の後ろから「あの」と声をかけたそのとき、

「じゃ、僕はこれで」

佐伯がふいと高梨から目を逸らすと、田宮に向かって微笑みかけてきた。

「え？」

「また電話するよ」

佐伯は手にした盗聴器をスーツのポケットに仕舞うと、唐突なその行動に唖然《あぜん》としていた田宮に再びにっこりと微笑み、高梨に向かっては「失礼」と唇を引き締めるようにして笑ってみせドアに向かって歩き出した。

「佐伯さん」

田宮が慌てて佐伯のあとを追い、玄関先で靴を履く彼の後ろに立つ。

「気をつけてね」

佐伯は振り返りしなにそう微笑むと、それじゃ、とそのままドアを出て行ってしまった。

あまりの引き際のよさに、あっけにとられていた田宮の前でドアが閉まる。

「……誰？」

室内から問いかけてきた高梨の声に、田宮ははっと我に返った。

「うん……」

振り返りはしたものの、どう説明しようかと暫し頭を巡らせる。

これから泊まり込みだという高梨に、自分たちの部屋が盗聴されていた、ということを伝えるべきか否か。小山内という便利屋の殺害に関係していることであれば、勿論伝えたほうがいいのだろう。が、もし関係がなかったら、ただでさえ忙しい高梨を煩《わずら》わせることにはならないか——。

田宮の逡巡は高梨を思いやるものだったのだが、高梨は彼の沈黙をどうとったのか、

「言いたくないんやったら、言わんでもええよ」

そう言い無理やりのように微笑むと、一人ベッドサイドの箪笥へと足を向けた。

「何日くらいになる？」

高梨を追い越すようにして箪笥に手をかけ、中から彼の下着を取り出しながら田宮が彼に問いかける。

「……二日……いや、三日かな」

着替えの用意を田宮に任せることにした高梨は日数を答え、どっかとベッドに腰を下ろした。

「……そう……」

やはりそんな多忙な彼の負担を増やすのはよそう、と田宮は一人心を決めた。幸い盗聴器は先ほど佐伯が見つけてくれた。盗撮のことは、カーテンさえ終日開けずにいれば、これ以上の被害に遭うことはないだろう。肩越しにちらと振り返って見た高梨の顔は、いつになく疲れているように見える。

「……大丈夫か？」

思わず問いかけた田宮の声に、高梨は我に帰ったように顔を上げると、

「なにが？」

とまたも無理やり作ったような笑顔を向けてきた。

「……身体」

はい、と下着類を入れた紙袋を手渡しながら田宮が尋ねると、高梨は、ああ、と笑って、

「大丈夫」

と勢いよくベッドから立ち上がり、その勢いに押されて一歩後ろへと下がろうとした田宮の身体を抱き締めた。

「良平……」

「事件のカタがついたら……ゆっくり話、しような」

そう囁いたあと、高梨は一瞬ぎゅっと田宮の背中を強く抱き締めると、

「良平……」

と名を呼んだ田宮の身体を離し、微笑んだ。

「じゃ、いってくるわ」

「……うん……」

話というのは——寝言で漏らしたあの名に関わることなのだろうか。

ちらとそんな考えが田宮の頭を掠め、彼はつい俯いてしまったのだが、それを問うことも高梨を煩わせることになると思い、俯けていた顔を上げ、無理に作った笑顔を向けた。

「いってらっしゃい」

互いに作り笑いで挨拶を交わすことなど今までなかっただけに、ぎこちないこの雰囲気に思わず二人して顔を見合わせ、その場に立ち尽くしてしまう。

「……いってきます」

その沈黙を振り切るかのように、高梨はまた無理に作った微笑を浮かべると、田宮の方に

屈み込み、掠めるようなくちづけを彼の唇へと落とした。

あまりにあっけない『いってきますのチュウ』に、田宮は目を見開いたまま彼のキスを受け止めてしまった。高梨は何か言おうと一旦口を開きかけたが、やがて苦笑するように微笑むと、

「じゃ、また明日かあさってか……その次にな」

そう言い、田宮の頭をぽんぽんと叩いて、玄関へと向かった。

「いってらっしゃい」

玄関先で見送る田宮に、高梨は、

「戸締り、ちゃんとしいや」

といつものように笑顔を向けたが、田宮が頷くのを待たず、そのままドアを出ていってしまった。

カンカンと階段を駆け下りる音が聞こえてくる。自分が何か取り返しのつかないことをしてしまったような思いが胸を過ぎり、ともすれば涙が込み上げてきそうになるのを、田宮は唇を嚙んで堪えていた。

高梨が出て行ったあと、田宮はいつも以上に厳重に戸締りをし、ぴったりとカーテンを閉ざしてからベッドへと入った。なかなか眠れず、何度も寝返りを打ちながら、一体誰がなんのためにこの部屋を盗聴し、自分の写真を盗み撮ったのだろう、と考えはじめる。

佐伯の友人のケースのように、自分には『ストーカー』がいるとでもいうのだろうか。通勤電車の中で、ぴったりと身体を密着させてくるあの男が、写真を自分に送りつけ、この部屋を盗聴していたと——？

昨日の朝、自分に痴漢行為を働いた男の顔が不意に田宮の記憶に蘇《よみがえ》った。地味な紺のスーツに身を包んだ、中肉中背の特徴のない男の顔——自分をストーキングする男がいるということすら考え難いのに、あんな何処にでもいそうな中年男がその『ストーカー』と言われても、俄《にわ》かには信じられない思いがする。

どこにでもいそうな——？

そのとき、田宮の頭の中であのとき視界の端に捉えたその男と、昼間、高梨に見せられた小山内という男の顔が重なった。

「あ！」

思わず声を上げ、勢いよく身体を起こしてしまった田宮は、何故今まで気づかなかったのだろうと、暗闇の中、唇を噛んだ。

いろいろと思い悩むことが多かったとはいえ、あまりにもぼんやりしすぎていた。高梨に見せられた、小山内という男の部屋から押収したという自分の写真と、今日送られてきた写真は同じような雰囲気だったじゃないか、と、自分の注意力のなさに呆れ大きく溜め息をついたあと、田宮は灯りをつけようとベッドを降りた。高梨にこのことを知らせなければ、と思ったからである。

携帯はスーツの内ポケットに入れたままだったな、と壁にハンガーでかけておいた上着のポケットを探ってそれを取り出し、高梨の番号を呼び出してかけようとしたそのとき、手の中の携帯が着信に震えた。

「？」

こんな夜中に誰だろう、と画面を見ても『非通知』の文字が光っているだけである。ワンギリだろうか、と思いながら、田宮は「もしもし？」と電話に出てみた。

『コンバンハ』

電話の向こうから聞こえてきた声を聞いた瞬間、田宮の背に冷たいものが走った。機械を通した高い、硬質な声音——男とも女ともわからぬその声の主は、黙り込んでしまった田宮に向かい、笑いを含んだ声で話しかけてきた。

『宅配便、届いたかな？』

「……誰だ？」

声が震えそうになるのを必死で堪え答えると、田宮は電話を握り直し耳を澄ませた。この電話の人物が何者かを示す手掛かりを聞き逃すまいと思ったからである。

『……今夜は一人なんだよね』

耳障りな高い声はそう言うと、けらけらとしかいいようのない笑い声を上げた。

「……お前は誰だ？」

甲高いその笑い声は不快でしかなく、田宮は思わず怒鳴りつけてしまったのだったが、電話の主は少しも臆することなく再びけらけらと笑っただけだった。

「誰だと聞いているんだ！」

田宮の電話を握り締める手は酷く汗ばみ、震えはじめていた。ストーカーは殺されたというあの男ではなかったのだろうか。混乱する彼の頭に、男の高い笑い声が響き渡る。

『……一人じゃ寂しいよね』

ひとしきり笑ったあと、電話の主はそう言うと、田宮の反応を待つように黙り込んだ。

「…………」

田宮も相手の出方を待つために息を殺し、無言で電話を握り締める。機械を通した相手の呼吸音がやたらと耳障りな音を立てていた。カチカチという時計の音だけが、やけに大きく室内に響いている。

『……寂しいなら、これから行ってあげようか』

やがて電話の向こうから聞こえてきた甲高い声を聞いた瞬間、田宮は総毛立った。

「……なに？」

『一人寝は寂しいだろ？　行ってあげるよ』

またけらけらと笑い出したその声に、電話を放り投げそうになるのを田宮は必死で堪えると、相手を怒鳴りつけた。

「お前は誰だ？」

『そんな声じゃなくてさ、いつもみたいに、アノときの声を聞かせてよ……たまらないよね。あんたの声……』

甲高い声は、田宮の怒声を全く無視し、一方的に話しかけてくる。機械的な声音と、話している内容の不気味さに、

「誰だと聞いているんだ」

と怒鳴りつける田宮の声が震えた。

どうしてこの男は——男、なのだろうか——自分が今夜、一人でいることを知っているのか、考えようにも頭が混乱してしまい、田宮は周囲を意味なく見回すことしかできないでいた。

『待っててよ。これからあんたを抱きに行く』

そんな田宮を嘲笑《あざわら》うかのように、けらけらとまた男が耳障りな笑い声を立てたそのとき、不意にドアチャイムが室内に鳴り響いた。自分でも驚くほどにびくっと田宮の身体が震える。

思わず持っていた携帯電話を取り落としてしまいながら、田宮はピンポン、ピンポン、と連続して押されるチャイムの音の中、抑えきれぬ恐怖に目を見開きドアを見つめていたのだったが、

「ごろちゃん！」

ダンダンダン、と扉を力強く叩く音とともに、あまりにも聞き覚えのある声が耳に届いた途端、田宮は泣き出したいほどの安堵の思いに包まれた。

「ごろちゃん！　どうした？　無事か？」

ドアに駆け寄りたいのに、身体に力が入らない。それでも益々心配そうな声で叫んでいる扉の外の彼を——高梨を安心させたくて、田宮は這うようにして玄関へと向かうと、まだぶるぶると震えていた手でドアの鍵を開け、チェーンを外した。

「ごろちゃん！」

勢いよくドアが開かれ、真っ青な顔をした高梨が飛び込んでくる。

「良平！」

床にへたり込んだまま両手を開いた田宮の身体を、高梨は力いっぱい抱き締めた。

「良平！」

田宮も高梨の逞《たくま》しい背に縋《すが》りつく。

「……ああ……ほんま…よかった」

抱き締めたまま背を支えるようにして田宮を立ち上がらせると、高梨は少し身体を離して田宮の顔を見下ろし泣き笑いのような顔をした。

「…………どうして？」

今日は帰らないはずだったのに、とようやく少し気持ちが落ち着いてきた田宮が彼の顔を見上げる。と、そのとき窓の外で人の争う声がした。高梨が田宮の背に腕を回したまま窓へと足を進め、勢いよくカーテンを開く。高梨の横で彼と同じように窓の外を見やった田宮は、向かいのアパートの一室に煌々《こうこう》と灯りがともっているのを見――目に飛び込んできた光景に、思わず「あ」と驚愕の声を漏らした。

「サメちゃん、お手柄や」

田宮の傍らで高梨はそう呟くと、ガラガラと窓ガラスを開いて身を乗り出し、向かいの部屋に向かって大きく手を振る。

「おぅ」

その部屋の窓からやはり身を乗り出すようにして手を振り返している納の後ろで、憮然とした表情をし佇《たたず》んでいるのは――佐伯だった。

「どうして……」

思わず呟いてしまった田宮の声が聞こえたかのように、佐伯は真っ直ぐに田宮を見ると、少し肩を竦めるようにして笑ってみせた。見惚《みと》れるほどのその微笑とはあまりにも不似合いな、彼の両腕を捕らえる手錠に目を奪われてしまいながら、田宮は佐伯が納からどやしつけられ部屋から消えてゆくのを呆然と見つめていた。

「ごろちゃん……」

窓ガラスを閉めた高梨が田宮を振り返る。

「……一体なにが……」

眉を顰める田宮の身体を再び高梨は抱き寄せると、田宮の肩に顔を埋《うず》め、

「ほんま……無事でよかったわ」

と深く溜め息をついたのだった。

7

しばらくして高梨の携帯電話に、佐伯逮捕の連絡が入った。

「わかった。一時間ほどしてから署に戻る」

そう言って電話を切ると、高梨は田宮の両肩に手を置き、真面目な表情になって田宮の顔を覗き込んできた。

「ごろちゃん……なんで黙ってたん？」

「……え？」

今ひとつ状況が摑めていない田宮が、わけがわからず問い返す。と、高梨は小さく溜め息をついたあと、田宮が驚かずにはいられないことを口にした。

「ごろちゃんに昼間、殺された小山内の写真見せたやろ？　あの小山内を殺した犯人が佐伯という男やったんよ」

「なんだって？」

驚きに目を見開いた田宮に、高梨は深く頷いてみせると、

「……さっきまではほんまに、佐伯のさの字も捜査線上には上がっとらんかったけどな」

と、更に驚くべき話をしはじめた。

佐伯が田宮の部屋から出てきたのを見て、田宮のアパートの外で張り込んでいた納は彼を尾行することにした。高梨が帰宅したのを見届けたからなのだが——警護の意味でも田宮の部屋を張り込む理由がなくなったと納は判断したのである——佐伯が一旦青山のオフィスに戻ったあとの動きがあまりに不審であったために、何かおかしいということに納は気づき、捜査本部にいる高梨へと連絡を入れてくれたのだという。

「佐伯はな、青山のオフィスからまた、ごろちゃんのアパートの向かいのあの部屋——さっきサメちゃんがおったあの部屋に、戻ってきたというんよ」

「……え？」

田宮は思わず窓の方を振り返り、もう灯りが消えて室内を見ることがかなわなくなった正面のアパートを見やった。

「サメちゃんがアパートの大家に佐伯が何者かを聞き込んでいたのとちょうど同じ頃、殺された小山内のところに依頼にきていた長身の男の話が捜査上に浮かんでな。金払いのいい男から妙な依頼を受けたっちゅう話を小山内が友人にしとった、という報告を受けたサメちゃんがピンときて、大家に小山内の写真を見せたんや。小山内に依頼したんは佐伯やないかと思ったからなんやけど、それがビンゴで、ときどき佐伯の借りとるあの部屋に小山内が出入りしとったことがわかったんや」

「……え……？」

それはどういうことなのか、と問い返した田宮に高梨は、更にわかりやすく説明を続けた。

「せやから、佐伯が便利屋の小山内にごろちゃんを見張らせていたんや。大家の証言で小山内が望遠レンズのついた大きなカメラをいつも担いどった、いうことがわかり、サメちゃんは佐伯が小山内の依頼人である確信を深めてな、それで大家に頼み込んで、隣の部屋で様子を窺《うかが》っとったんよ。あのアパートは壁が薄いさかい、佐伯の電話の内容まで聞き取れてな、これは絶対におかしい、と、僕の携帯に電話くれて、そのあと佐伯の部屋に踏み込んで今回の逮捕となったんよ」

高梨は話し終えると、再び田宮の顔を覗き込み、

「……一体、何があったん？」

と田宮の瞳を見つめながら静かに問い掛けてきた。

「…………ごめん……」

田宮は高梨の前で頭を下げると、ぽつぽつと自分の身に起こった出来事を話しはじめた。

最近、毎朝のように通勤電車で痴漢めいた行為を受けていたこと、昨日の朝、『本物の』痴漢に遭ったところを佐伯が助けてくれたこと、その痴漢が殺された小山内に良く似ていたとたった今、思い出したこと。痴漢騒ぎの日の夜、偶然佐伯と再会し、夕食をともにしたこと、翌日に気味の悪い宅配便が届いたこと、その直後に佐伯から電話を貰い彼が相談に乗ろ

うと言ってきたこと――話が進むにつれ、高梨の表情は厳しさを増してゆき、佐伯が半ば強引にこの部屋を訪れたところまでを田宮が話し終えると、

「なんでそんな大変なこと、今まで黙ってたん？」

と責めるような眼差しを田宮へと向けてきた。

「……ごめん……」

田宮は高梨の視線に耐えられず俯くと、小さな声で詫びた。

「もしサメちゃんが今日、ごろちゃんの身辺警護をかってでてくれへんかったら、どないな危険な目に遭《お》うとったと思うん？　盗撮された写真が送られてくるんも、痴漢に遭うんも、めちゃめちゃ異常事態やないか。なんで？　なんで僕に黙ってたん？」

怒りを抑えた口調で高梨はそう言い田宮の肩を揺さぶった。彼の怒りがわかるだけに田宮は何も言うことができず、ただがくがくと揺さぶられるままになっていた。

申し訳なさが募りすぎていて、何も言うことができなかったのだが、高梨には田宮の心が読めないようで、抑えた溜め息をつくと肩を揺さぶっていた手を止め、こつん、と額を彼の額へとぶつけてきた。

「なあ、ごろちゃん。何か言うてや」

「……ごめん」

俯いたまま田宮が再び小さく詫びる。

「……どないしたん？　今朝からずっと様子、おかしいやないか」

息がかかるほどに近いところに顔を寄せているのに、目を上げられない自分に抑えられない怒りを覚えているのがわかる高梨の口調に、田宮は益々臆してしまいながらも、きちんと胸の内は説明しなければと思い、おずおずと高梨を見上げると掠れそうになる声に力を込め、答えはじめた。

「……良平に……心配かけたくなかったんだ」

「……心配させて欲しいわ」

高梨は一瞬虚を衝かれたような顔になったが、やがて苦笑し、また、こつん、と田宮に額をぶつけてきた。

笑ってはいたが焦点が合わないほどに近づいた高梨の目の中に、憤りと、そして哀しみが宿っているように見える。自分は頼りにならないのか、と思っているらしい高梨に対し、違うのだ、という思いから田宮は誤解を解こうと、一生懸命自分の心の内を彼に説明しようとした。

「良平の負担になりたくなかっただけなんだ。ただでさえ忙しい良平の手を、つまらないことで煩わせたくなかった。自分でなんとか出来ると思ったんだ」

「あんな、ごろちゃん」

田宮の言葉を、高梨の静かな声が遮る。

「ごろちゃんが僕の負担になんかなるわけないやろ？　ごろちゃんが危ない目に遭うとるのに、相談されないことの方が、どれだけ僕にとってつらいか……」

「………」

そこで言葉を途切れさせた高梨を、田宮はおずおずと見上げた。田宮の視線を受け、高梨は酷く潤んだ瞳をにっこりと微笑みに細めると、泣き笑いのような顔でこう続けた。

「ごろちゃんの身に、もしなんかあったら、僕はもう、生きていかれへん……わかっとるやろ？」

高梨の口調は静かだったが、向けられた眼差しにも、迸《ほとばし》るほどの深く激しい熱情が込められているのが田宮にもわかった。

「……良平……」

呼びかける声が、込み上げる涙に震えてしまう。

「……愛してるよ」

囁くように告げられた高梨の言葉に涙を堪えきれず、田宮は彼の背にしがみつき、その胸に顔を埋めた。

「愛してる……」

その背をしっかりと抱き締め返しながら、高梨が田宮の耳元でその言葉を繰り返す。彼のシャツを濡《ぬ》らしてしまうことを申し訳なく思いながらも田宮は、何度も何度も繰り返される高梨の『愛してる』という言葉に、尚も込み上げてくる涙を堪えることができず、高梨のシャツに熱いその涙を注ぎ続けてしまったのだった。

田宮が高梨の胸から顔を上げたのは、高梨のスーツの内ポケットに入っていた携帯が着信に震えたのに気づいたからだった。

「……ごめんな」

高梨が心底申し訳なさそうな顔をし、電話に出る。時計を見ると、彼が部屋に戻ってきてから一時間が過ぎようとしていた。本部からだろうか、と思いながら田宮は立ち上がり、コーヒーでも淹《い》れようかとキッチンに立った。

「……ああ。すまんね。よろしく頼むわ」

淹れたコーヒーを手に戻ってくると、ちょうど高梨は長い電話を終えたところだった。

「……戻るの?」

はい、とカップを手渡し尋ねると、

「今夜はもう、ええて」

高梨は、にこ、と本当に嬉しそうに笑い、田宮からコーヒーを受け取った。

「課長も話がわかるようになってきたわ」

「……大丈夫なのか？」

自分のために高梨が無理をしているのではないか、と田宮は心配し眉を顰め問いかけたのだが、途端に高梨は、

「……だから」

と溜め息をつき、田宮を軽く睨むと、コーヒーを持っていないほうの手で田宮の身体を抱き寄せてきた。

「心配せんでええて、さっき言うたばっかりやないの」

「零れるよ」

口ではそう言いながら、田宮は高梨に抱き寄せられるままに彼の膝の上に納まり、広いその胸に頬を寄せる。

「なあ、ごろちゃん」

高梨はカップを床へと下ろすと、田宮のカップも取り上げ同じように床に置いた。

「……なに？」

自由になったその手で田宮の髪を梳《す》きながら、高梨は、あたかもなんでもないことを尋ねるかのような口調で問いかけた。

「今日、様子がおかしかったやないか。ほんま、どないしたん？」

「…………」

聞いてしまおうか、という思いが田宮の胸を過ぎる。

寝言で呼んだ『かおる』とは誰なのか——高梨の過去に、それとも現在に、深くかかわりを持つ者の名なのだろうか。彼がかつて愛しさを込め、その腕に抱いた者の名なのだろうか。それともこれから抱こうとしている者の名なのだろうか——。

『愛してるよ』

そのとき田宮の耳に、先ほど己を抱き締め囁いてくれた高梨の声が蘇った。

「……なんでもない」

髪を撫でている高梨の手の優しい感触に目を閉じ、田宮はそう言うと彼の胸に深く顔を埋めた。

「ごろちゃん？」

「なんでもないんだ」

そう——高梨の過去に、そして未来に、如何《いか》なることが起ころうとも、自分が高梨を愛している、その気持ちは揺らぎはしない。

たとえこの先、高梨の気持ちが自分から離れてしまったとしても、彼を愛しく思う自分の気持ちは変わらないだろうし、変えられるものではないと思う。

「それでいいんだ」

小さく呟く田宮の顔を、高梨が覗き込んでくる。

「なに？」

「……愛してる。良平」

真っ直ぐにその瞳を見返し、力強くそう告げた田宮の声に、高梨は驚いたように一瞬目を見開いたが、すぐに笑顔になると、

「愛してるよ」

と彼も同じ言葉を繰り返し、唇を田宮の唇へと寄せ深く深く、くちづけてきたのだった。


翌朝、高梨の携帯に佐伯が全てを自供した、という連絡が課長より入った。

佐伯が犯行に及んだきっかけは、毎朝の通勤電車で見かけた田宮を彼が見初め、知人を介して素性を便利屋の小山内に調べさせたことだったのだという。

電車内で田宮の背後にぴたりと密着していたのは佐伯だった。佐伯より田宮の調査を依頼された小山内は、田宮を張り込むうちにそれに気づき、佐伯の性癖をネタに強請《ゆす》りはじめたのだという。

「カネで全てが解決するなら」

佐伯はそれを逆手に取り、小山内に田宮の部屋の盗撮をさせたり、彼の一日の行動を追わせたりしていた。盗聴器も仕掛けたかったが、部屋への侵入がかなわないので諦めていたのだそうだ。

佐伯が田宮に示してみせた盗聴器は自分があのとき持ち込んだもので、田宮の信頼を得ようとして施した小細工だったということも佐伯は自供したという。

小山内への支払いは彼に命じる仕事の内容に比例し増額していったが、それが殺す動機かと聞かれると佐伯はきっぱりと否定した。

「小山内を殺そうと決めたのは、あいつが田宮さんに対して痴漢行為を行ったからだ」

佐伯は取り調べにあたった納に動機をそう説明した。佐伯の命令で田宮をつけまわすうちに、小山内自身が、どうにも田宮に対する性的欲求を我慢できなくなり、佐伯に倣って車内で田宮の身体に悪戯を仕掛けた。それを見た瞬間、彼を殺そうと心に決めたのだと佐伯は自供した。

「私の大切なモノをあんな男に汚されてたまるか――そう思った途端、抑えがきかなくなってしまって」

「お前のモノじゃねえだろ」

そう言い睨んだ納の顔を不快そうに睨み返すと佐伯は、

「……私のモノになるはずだった。もう少しでね」

と言い、少しも悪びれたところのない微笑を浮かべてみせたのだそうだ。

佐伯がこうも簡単に自供したのには理由があった。納たちが踏み込んだ、佐伯の部屋――田宮のアパートを盗撮するために借りた、彼のアパートの向かいの部屋――の壁一面に、今まで隠し撮りされていた田宮の写真が、それこそ何百枚も貼られていたためである。

「なんじゃこりゃあ」

それを目《ま》の当たりにしたときには、さすがの納も絶句し、その場に立ち尽くしてしまったのだったが、そんな異様な光景を見られた以上、佐伯には言い逃れる術《すべ》がなかったのだった。佐伯が話を聞いただけで、田宮はあまりの薄ら寒さに自分の身体を抱き締め震えを堪えた。佐伯が話してくれた『友人をストーキングしていた男』の話は、そのまま彼の行為を物語っていたのか、と今更のように気づき、唇を噛む。

「もう大丈夫や」

そんな田宮の身体を高梨はぎゅっと抱き締め、安心してええ、と顔を覗き込んできた。

「うん……」

高梨の背に自分も腕を回しながら田宮も頷き、彼の胸に頬を任せる。

「……写真……きっちり回収せなあかんな」

高梨がぼそ、と呟いた言葉が聞き取れず、田宮は「なに？」と聞き返したのだが、

「なんでもないわ」

と高梨は笑うばかりで、益々田宮は首を傾げてしまったのだった。

「今日から毎日、一緒に通勤せえへん？」

これから署に出るという高梨と共に朝食をとっている最中、高梨がそんなことを言い出したのに田宮は驚いて、飯をかっ込む彼の顔をまじまじと見やった。

「え？」

「どやろ？　ごろちゃんを痴漢から守るためにも、毎朝手ぇ繋《つな》いで、一緒に電車に乗らへん？」

「……手は繋がなくていいよ」

毎朝一緒に通勤する――自分たちのその姿を想像する田宮の頬は自然と緩んだ。が、それを悟られまいとぶっきらぼうな口調で答えたのに、

「じゃ、きまり」

高梨はにっこりと微笑むと、「それならこれから一緒に後片付けもやるわ」と益々忙しく飯をかっ込みはじめた。

「いいよ」

慌てる田宮に、

「ええやないの。いよいよ新婚さんみたいやわ」

高梨は笑いながら立ち上がり、自分の茶碗を流しへと運んでゆく。

「ごろちゃんもはよ食べや」

洗い物をする音を響かせ、高梨が大きな声で叫んでいる。

「うん」

こんなやりとりが何故だかたまらないほどに嬉しくて、胸に込み上げる温かい思いに涙ぐみそうになりながら、田宮はそれを高梨には悟られまいと涙を堪え、一生懸命箸を動かしたのだった。


「これからはお互いに『いってきます』のチュウやね」

先に靴を履きながらそう言い、高梨が振り返って田宮の唇を唇で塞いだ。

「いってきます」

唇を離したあと、くす、と笑い、今度は田宮が再び自分の唇を高梨の唇へと寄せる。

「せや、僕が霞ヶ関で降りるときにもやろか？」

「やらないよ」

突き放したように言う田宮の言葉に、

「ほんまにいけずやねえ」

高梨はわざとらしく溜め息をつくと「ほな行こか」と田宮に向かって片手を出した。

「本当に手、繫いでいくのかよ？」

呆れたようにその手を眺める田宮に、

「当たり前やないか」

涼しい顔で高梨は答え、ほら、と尚も差し出してくる。

「……恥かしくないか？」

「ちっとも」

さあ、と差し出される手に田宮はおずおずと自分の手を重ねた。ぎゅっと握り締められた高梨の手の温かさが照れを誘い、手を引こうとすると、

「ほら、行くで？」

逆に高梨はその手を強く引いて、そのまま玄関のドアを出ようとした。

「まだ靴、履いてないんだって」

慌てて靴を履き、田宮は高梨のあとについてドアを出た。

「通勤もこれでえらい楽しいモンになるわ」

「そうかな」

ぶすりと答えてはみたものの、きっとそうに違いないということは、田宮自身がわかりすぎるほどにわかっていた。

「『チャーミーグリーン』のCMみたいに、スキップでもしよか?」

「馬鹿じゃないか?」

早朝ゆえにあまり人通りのない道を歩きながら、高梨の手から伝わる温《ぬく》もりが自分の心までをも温めてくれる幸せを田宮は噛み締め、見上げる高梨も同じ幸せを感じてくれていることを願った。

「……あのな」

暫く歩いたあと、高梨がぽつりとそう言い田宮を見た。

「なに?」

駅が近づいてきたために、人通りが多くなっている。田宮は問い返しながら、こっそりと自分の手を高梨の手から引き抜いた。高梨も田宮が人目を気にする気持ちがわかるからか、再び手を取ろうとはせず、そのまま足を進めてゆく。

「……なに?」

呼びかけたのに黙り込んでしまった高梨に、再び田宮が問い掛ける。

「実はな……」

高梨はそこまで言ったものの、また言葉を選ぶようにして黙り込んだ。いつにない彼の様子に、田宮は眉を顰め彼の顔を覗き込む。高梨は暫くの間、じっと口を閉ざしていたが、やがて思い切りがついたのか、改めて口を開いた。

「……今度の休みに、一緒に大阪に来てくれへんやろか」

「え？」

思いもかけない彼の言葉に、田宮は驚きの声を上げた。高梨はそんな彼に笑顔を向けてきたのだが、その顔が酷く寂しげなことに田宮は気づき、再び眉を顰めて高梨の顔を見つめた。

「……親父がな……手術したらしいんよ」

高梨がぼそり、と小さく呟く。

「……え？」

「癌やったんやて。僕が忙しい思うて、入院したことすら知らせて来んかったんやけど、開腹してみたら……もう、手遅れやったんやて」

「え……」

静かな口調ではあったが、高梨の声音にはやりきれない思いがこもっていて、田宮は言葉を失い、思わず高梨のスーツの腕を摑んだ。

「一昨日おふくろから電話があってな。もってあと半年やから、一度顔見せに来いて……なんで知らせてくれへんかったって久々にえらい喧嘩してもうたわ」

苦笑するように笑う高梨の顔は、田宮の目には泣いているように見えた。

「良平……」

腕を摑んだ手を下へと滑らせ、田宮が高梨の掌を自分の掌で握り込む。

「……せやから、な、一緒に大阪、来てくれるか？」

その手を握り返しながら、高梨が田宮の顔を見て笑う。

「一緒に？」

「そう……一緒に来て欲しいんや」

高梨は再び同じ言葉を繰り返すと、田宮の手をまたぎゅっと握った。

「良平……」

「死ぬ前に……親父には死ぬ前に、ごろちゃんに会うてもらいたい、思うとるんよ」

『死』という言葉を口にしたときには、さすがの高梨も顔を歪めていた。

「だから……な？」

「…………」

そう言い、またぎゅっと手を握ってきた高梨の手を田宮もぎゅっと力強く握り返すと、ふいと彼から顔を背けた。

「ごろちゃん？」

高梨が田宮の視線を追いかけるように覆い被《かぶ》さってきたが、田宮が繋いでいないほうの手の甲で零れ落ちる涙を拭っているのを見ると、

「……ごろちゃん……」

感極まったような声で呼びかけ、握った手を更に強い力で握り締めた。

「……来てくれるか？」

囁く高梨の声に、無言で田宮は首を縦に振ると、無理やり笑顔をつくり高梨を見上げた。

「良平のご家族に会うなんて……緊張しちゃうな」

「ほんまやね」

高梨も泣き笑いのような笑みで応えると、

「せや」

と不意に悪戯っ子のような顔になった。

「なに？」

「予告せな。『東京でみつけた嫁さん、連れて帰る』ゆうてな」

にや、と笑って手を離し、その手を高梨は田宮の肩に回すと、田宮の頬に音を立ててキスをした。

「よせよっ」

田宮は慌てて彼の腕から逃れようとしたが、先ほどの高梨の発言に今更のように気づき、

「嫁さん～!?」

と絶叫する。

「嫁さんやないの」

「マズいだろ、そりゃ」

びっくりするよ、と更に慌てる田宮の背を抱き寄せ高梨は、

「ごろちゃんのご両親にも、はよご挨拶に行かんとね」

そう言い、あははと笑った。

明るい声を上げてはいるが、高梨の胸の内は、余命幾許《いくばく》もない父を思いどんなに切ないことだろう――無理に笑顔を作っている彼の痛々しい顔を見るだけで、再び田宮の瞼は熱くなる。

『一緒に来て欲しいんや』

大阪に共に来てほしいというその理由は、高梨の言うとおり、彼の父と自分を会わせたいという思いからなのかもしれない。が、こんなときこそ――高梨が辛くてたまらないときにこそ、自分は彼の支えになりたいと思う。

彼が救いを求めたくなるようなそんな辛いときにその傍《そば》にいたいと、たとえ何もできなくとも彼の傍で、その手を握っていてあげたいと思う。

再び込み上げてきた涙を手の甲で拭っている田宮を見て、高梨はやれやれ、という顔になり、ぽんぽんと頭を優しく叩いた。

「ほんまにごろちゃんは……泣き虫やねえ」

「……悪かったな」

ふいと横を向いた田宮の耳元に高梨の「ありがとね」という小さな声が響く。

思わず振り返った視線の先には切なく微笑む高梨の顔があり、またも涙ぐみそうになるのを堪えた田宮だったが、高梨はそんな彼の背を、

「いい加減遅れるわ。急ごか」

と必要以上に強い力でどやしつけ、二人は駆けるようにして駅への道を急いだのだった。


その夜――。

「……んっ」

高梨の唇が田宮の首筋から胸の突起へと降りてゆく。舌先でそれを転がしてやると、田宮は彼の身体の下で微かに身を捩り小さく声を漏らした。

もう片方の胸の突起を左手の親指で擦りながら、丹念すぎるほど丹念に、舌で、ときに軽く歯を立てて、高梨は田宮の胸を愛撫《あいぶ》してゆく。

「……んんっ……」

じわじわと快楽が全身を侵してゆくのに耐えられぬように田宮はさらに身体を捩ると、両手で高梨の頭を抱き締め、その脚を彼の腰へと絡めてきた。いつにない積極的な田宮の行為に、高梨がちらと田宮の顔を見上げる。

「……なに……？」

視線に気づいて問いかけてきた彼の声は酷く掠れていた。欲情に潤む瞳の美しさに惹《ひ》き込まれ、高梨が一瞬言葉を失うと、田宮はようやく自分の所作に気づいたのか、少しバツの悪そうな顔になり、そっと手脚を高梨の身体から解《ほど》いてしまった。

「………」

しまったな、と高梨は苦笑する。が、我に返った田宮の瞳に現れた羞恥の色に、今度は加虐めいた衝動が彼の内に芽生え、再び勃ちきった田宮の胸の突起に唇を戻すと、強いくらいの力でそれを嚙んだ。

「痛《つう》っ」

田宮が背を仰け反らせ痛みを堪えるような声を上げる。だが高梨は、彼の雄が二人の身体の間でびくんと大きく脈打ったのにも気づいていた。乱暴な所作で彼の両胸を弄《いじ》る高梨の頭に再び田宮の手が伸びてくる。その手に抱かれるより前に高梨は身体を下へと滑らせ、田宮の両脚を更に大きく開かせて肩に担ぐと、勃ちかかっていた雄を口へと含んだ。

「……っ」

宙に浮いていた田宮の手が高梨の方へと伸ばされ、やがて下へと落ちた。高梨の巧みな口《こう》淫《いん》が生み出す快楽に耐えきれぬように、手の甲が白くなるほどにシーツを握り締め、大きく背を仰け反らせながら、田宮が声にならない叫びを上げる。

口の中に広がるその苦味に、もう限界が近いのかな、と高梨は彼の雄を咥《くわ》えたまま顔を上げ、田宮を見上げた。

「……なに？」

田宮が小さな声で問いかけてきたとき、高梨の口の中でまた彼自身がびくんと震えた。

「……今日はえらい、早いやないか」

口を離し、にやりと笑ってそう言うと、田宮は更に頬を紅潮させ無言で高梨を睨んだ。

「もう……出る？」

目を合わせたまま高梨が田宮の勃ちきったそれを下から舐《な》め上げる。

「ばっ……」

再び背を大きく仰け反らせ、シーツを握り締めた田宮の雄を、高梨は顔を見上げたまま唇で、舌で舐《なぶ》り続けた。先端から絶え間なく零れ落ちる透明な液を舐め取るその淫猥《いんわい》な音に、田宮の雄がさらに震える。

「もうっ……」

出る、と言いながら自分を見下ろす田宮の紅潮した顔は何故だか酷く幼く見えて、高梨の胸に、まるでいたいけな子供を苛《いじ》めているかのような罪悪感が一瞬芽生えた。

「りょう……っ」

が、すぐにその思いは、自分へと伸ばされた田宮の腕が振り払ってくれた。片手でその手をしっかりと握り締めながら、高梨は田宮を上り詰めた快楽から解放してやろうと、一気に雄を攻め立てた。

「……っ」

高梨の口の中に温かな田宮の精液が溢れる。途端に眉を顰め、

「ごめ…っ」

と詫びようとする田宮に、高梨はごくりと音をたててそれを飲み下したあと笑顔を向けた。

「いつも思うてたんやけど……なんで謝るの？」

ずりずりと身体を上へと移動させ、頭の高さを合わせて彼を見下ろしながら高梨がそう問うと、田宮は何と答えようかと考えたのか一瞬酷く真剣な顔になった。が、すぐに、高梨がにやにやとした笑いを浮かべていることに気づくと、

「馬鹿じゃないか？」

恒例のその言葉を口にし彼を睨んだ。

「馬鹿で結構」

ふふ、と笑いながら高梨が田宮の身体を抱き締める。と、田宮の手が二人の腹の間にある高梨の雄を握ってきた。どこかまだ慣れない手つきでそれを扱き上げようとするその動きと、やはり照れがあるのか、目を伏せているために彼の頬に落ちる睫《まつげ》の影が揺れる様子に、高梨自身驚くほどに早く己が昂《たか》まってゆくのに呆れていたそのとき、田宮がふと顔を上げ、にや

りと笑いかけてきた。

「今日はえらい早いやないか」

「言うたな」

先ほどの『仕返し』をきっちりしてきた田宮の身体を、高梨も笑って再び抱き締める。そのまま体勢を入れ替え、自分の腹の上に田宮を乗せると、手を彼の後ろへと伸ばし、差し入れた指でそこを弄りはじめた。

「……んっ」

田宮は挿入された指の感触に眉を顰め身体を捩ったが、高梨を扱く手を休めることはなかった。が、高梨が指の本数を増やし、そこを慣らしてやっていくうちに、田宮の手が休みがちになってくる。自分でそれに気づいて少しバツの悪そうな顔をするのがまた愛しいと、高梨はくすりと笑うと、

「入れてもええ？」

と田宮の手から自身を取り上げ、彼を見上げた。

「……うん」

紅潮した顔のまま田宮は頷くと高梨の意を汲《く》んで自身の身体を起こし、高梨の導くままに彼の腹の上へと腰を下ろしはじめた。

ゆっくり腰を下ろしながらいきり勃つ雄に手を添え中へと導いてゆく。

「……っ」

すべて埋め込むと、自身の体重でいつもより接合が深まるからか、田宮は低く声を漏らし、華奢《きゃしゃ》な身体を震わせた。

「……動ける？」

高梨が彼の背を叩くと、田宮は無言で頷き、ゆっくりと身体を上下させはじめた。ぎこちない動きが次第に激しくなり、高梨からの突き上げも加わってくると、田宮は堪らず声を漏らした。ぴたぴたと互いの肌がぶつかる音と、田宮の声が室内に響く。

「……あっ」

高梨の手が田宮の勃ちきった雄を扱き上げる。と、田宮は更に高い声を上げながら、身体を落とし、高梨へと縋り付いてきた。その背を抱き締め、再び体勢を入れ替えると、高梨は田宮の脚を摑んで腰を高く上げさせ、そのまま激しく腰を動かしはじめた。

「……あっ……はぁっ……あっ」

田宮の声が高梨の動きを更に煽《あお》る。ほぼ二人同時に達し、それに気づいて互いに目を見交わしたあと、田宮は高梨が自分を抱き締めてくれるのを待つかのように両手を大きく開いてみせた。望みどおりその背をきつく抱き締めながら、互いの鼓動の早さを高梨は胸に感じ、息の荒さを耳元で聞いていた。

「……大丈夫？」

高梨の問いかけに、田宮は無言で頷くと、ぎゅっとその背を抱き締めてきた。

「どないしたん？　今日はえらい……」

「……もういいって」

高梨がからかおうとするのを、上がる息の合間から田宮がぶっきらぼうに遮る。

「かんにん」

くす、と笑い田宮の髪へと唇を寄せる高梨の背を、益々強い力で抱き締める田宮にはもう、昨日のように高梨に対し構えた様子はなかった。

あのとき、彼は一体何を思っていたのだろう――？

背中を抱き締め返しているうちに、田宮の強張った表情を思い出し、高梨は少しぼんやりしてしまったらしい。

「良平……」

小さな声で名を呼ばれて我に返ると、高梨は自分を見上げる田宮と額をあわせ、やはり小さな声で答えた。

「なに？」

「………」

近くにありすぎて焦点が合わない田宮の大きな瞳が、潤んでいるように見える。

「愛してるよ」

逆にそう囁くと、田宮は「うん」と小さく頷いた。

「愛してるよ」

心からの愛しさをこめて高梨は再び囁くと、田宮の身体を力強く抱き締めた。

「愛してる」

自分の腕の中で小さく囁き返してくれる田宮の背を、益々強い力で抱き締めながら高梨は、この世の全ての災厄から彼を守っていきたいという決意も新たに、未来永劫決して彼を離すまい、と一人心に誓ったのだった。

三国一の嫁

「ただいま」

「おかえり」

いつものように玄関先で『ただいまのチュウ』を交わした高梨《たかなし》の機嫌が珍しく悪いということに、田宮《たみや》は気づいた。

「どうしたの？」

大きな瞳を見開き、田宮がまじまじと高梨を見上げるのに、

「ちょっとな」

更に珍しいことに高梨は言葉を濁すと、田宮の頭をぽん、と軽く叩き部屋へと足を踏み入れる。

「…………」

たとえ捜査が暗礁に乗り上げていたとしても、高梨が苛立《いらだ》ちを家に持ち込むことは今まで一度もなかった。一体どうしたというのだろう、と田宮は内心首を傾《かし》げつつも、高梨のあとを追い広い背中に問いかけた。

「メシは？」

「なんかあるかな」

肩越しに田宮を振り返り、高梨が申し訳なさそうな顔をする。既に時刻は深夜一時を回っていた。一般的には当然夕食は外で済ましてきているような時間である。

「勿論あるよ。すぐあっためるから」

だが田宮は『一般』よりは随分と思いやりに溢《あふ》れていた。高梨の仕事が肉体的にも精神的にもハードであることと、それゆえ帰宅時間が不規則になることを理解し尽くしている彼は、高梨が何時に帰ってきた場合にも対応できるよう常に食事を用意していた。

「ほんま、かんにんな」

高梨が足を止めて身体《からだ》を返し、益々申し訳なさそうな顔で田宮をじっと見下ろした。

「なんで謝るんだ？」

田宮が心底意外に思い問い返す。

「せやかて、こない遅うまで起きて待っててくれただけでも申し訳ないのにやね、その上メシまで……」

「忙しくて食べる暇なかったんだろ？」

わかってるよ、と笑う田宮の背を高梨はぐっと抱き寄せた。

「良平《りょうへい》」

「ほんまごろちゃんは……」

「なに？」

ぎゅっと抱き締めながら、高梨がしみじみと田宮の耳元に囁《ささや》きかける。

「三国一の嫁さんや」

「馬鹿じゃないか」

もう、と田宮は笑って身体を離そうとしたが――夕食の支度にかかろうとしたのである――高梨は田宮の背を抱く腕を緩めず、それどころか片手を背から腰へと滑らせていった。

「ちょっと……」

田宮の小さな尻を摑《つか》んで己の下肢へと引き寄せる。服越しにそこを指先でぐっと押され、びくっと身体を震わせた田宮が抗議の視線を向けたのに、高梨は微笑《ほほえ》みで応えると唇を彼の唇へと寄せていった。

「……メシは……」

「あとにしよ」

「そんな、身体に……」

悪い、と注意を促そうとする田宮の唇を高梨が強引に塞《ふさ》ぐ。

「ん……」

きつく舌を絡める獰猛《どうもう》なキスに、田宮は一瞬抗《あらが》う素振りを見せたが、やがて高梨の背に両腕を回し、舌を吸い上げ返してきた。

「……あっ……」

高梨の指先が更にぐっと田宮のそこを抉《えぐ》る。ぴたりと合わさった下肢が互いの雄の熱さを伝え合い、互いを昂《たか》め合ってゆく。

「……やっ……」

自力では立っていられなくなったのか、田宮が高梨の上着の背をぎゅっと握り締め、体重を彼の胸へと預けてくる。唇の間から漏れる吐息も愛らしいと高梨は目を細めて微笑むと、その場で田宮の華奢《きゃしゃ》な身体を抱き上げた。

「わ」

思わぬ高さが恐怖を呼び、田宮が高梨の首に縋《すが》り付く。

「先に一汗流そうやないの」

耳元で囁く高梨に、田宮は彼に縋り付いた腕を解《ほど》き、じろり、と顔を見下ろした。

「エロオヤジ」

悪態をつきながらも、潤んだ瞳が彼の身体に灯《とも》る欲情を表している。

「だってオヤジやもん」

彼の瞳の煌《きらめ》きに更に欲情を煽《あお》られる想いを抱きつつも高梨も軽口で応えると、メシより何より二人の身体が求める行為に臨むため、田宮を抱いてベッドへと向かったのだった。

「良平は少し『忍耐』という言葉を覚えたほうがいいよな」

高梨の前に温めた味噌汁を置いた田宮が、満更冗談ではない口調でそう言い、じろり、と彼を睨《にら》んだ。

二度目は流されたものの、三度目に持ち込もうとする高梨の行為を、なんとか彼の胸を押し上げてやめさせ、ようやく夕食——というには遅すぎる時間ではあるが——となったためである。

「こないに色っぽいごろちゃんを前に、耐え忍べ、言うほうが無理な話や」

おおきに、と感謝の言葉を述べながらも、あまりに反省のないことを言う高梨に、

「馬鹿じゃないか」

田宮はお決まりの台詞《せりふ》を口にし、やれやれ、と肩を竦《すく》めてみせた。

高梨がいつものように、「おいしいわ」と微笑みながら、物凄い勢いで皿を片付けていく。

普段と変わらぬ彼の様子に、帰宅直後の機嫌の悪さの原因を聞いてみようかなと田宮は何気なさを装いつつ問いかけた。

「なんかあったのか？」

「え？」

高梨の箸が一瞬止まる。

「……ちょっと様子が変だったから」

「ああ」

田宮の言葉に高梨は、一瞬どうしようかなというような顔になったが、すぐ、

「……かんにんな」

心底申し訳なさそうに田宮の前で頭を下げた。

「何が？」

「ごろちゃんにも嫌な思いをさせてもうて」

「別に嫌な思いなんかしてないよ。どうしたのかなって思っただけで……」

慌てて首を横に振る田宮に高梨は再び「かんにんな」と頭を下げると、

「ほんま、なんでもないんや。ちょっと事件の証拠品のことで揉《も》めてな」

簡単に事情を説明し、また「かんにんな」と申し訳なさそうな顔をした。

「……そうなんだ」

普段の高梨はいつまでも揉め事を引きずったりはしない。余程酷《ひど》く揉めたのだろうかと心配にはなったが、それ以上追及するのは、己の機嫌の悪さを悟られたことを深く反省している高梨に対して酷であるように思われた。それゆえ田宮はまるで何事もなかったかのように、

「おかわりは？」

と笑顔になって高梨に右手を差し出したのだが、そんな彼の気遣いはすぐに高梨へと伝わり、高梨もまた笑顔で茶碗を差し出すと、

「ほんま、ごろちゃんは三国一の嫁さんや」

あまりにしみじみとそう言い、またも田宮の口癖の「馬鹿じゃないか」を聞くことになったのだった。

翌朝――。

「あ、警視、おはようございます」

「おはようさん」

捜査一課で竹中《たけなか》が高梨を笑顔で迎える。

「許可下りましたよ。持ち帰ってもいいそうです」

「ほんまか？」

竹中の言葉に高梨もぱっと笑顔になった。

「肖像権の問題もあるし、裁判も終わってるしで、全て持ち帰ってもいいということになりました。金岡《かなおか》課長が頑張ったみたいですよ」

竹中が話しているのは、昨夜の高梨の不機嫌の原因だった『証拠品』の件だった。

例の佐伯《さえき》の事件で、彼が部屋中に貼っていた百枚をゆうに越える田宮の写真が証拠品として押収されたのだが、裁判が終わって罪が確定したこともあり、それを引き取れないものかと申し出ていたのである。

本人からの申請でないと、と、色よい返事がもらえないでいたのだが、またあの嫌な事件を蒸し返すのは田宮に気の毒すぎた。なんとかならないものかと高梨は頑張ったのだが、『規則ですから』と突っ返され、それで不機嫌になっていたのだった。

「課長」

早速金岡の席へと駆け寄り、「ありがとうございました」と深々と頭を下げる高梨に、

「礼には及ばんよ」

気持ちはわかるからな、と金岡は笑って高梨の肩を叩いた。

「ほんま、すみません」

「ねえねえ、警視」

尚も恐縮して頭を下げる高梨のもとに、竹中や山田《やまだ》が駆け寄ってくる。

「お願いがあるんですが」

「お願い?」

なんや、と問い返す高梨に、竹中と山田は二人して、えへへ、と照れくさそうに笑うと、

「ごろちゃんの写真、一枚、いただけないでしょうか」

「机に飾っておきたいんですが」

とても冗談とは思えぬ様子でそう言いだしたものだから、高梨は呆《あき》れて二人を睨みつけた。

「お前らなあ」

「やっぱあきまへんか」

うそくさい関西弁を使う竹中の頭を、高梨が軽く叩く。

「いて」

「あかんに決まっとるやろ」

「まあ、大切な嫁さんの写真ですものね」

心の底から残念そうな声を出した竹中に、

「三国一の嫁さんや」

高梨はそう胸を張り、周囲からは「ごちそうさま」の声が上がったのだった。


その夜、前日とは打って変わって上機嫌で帰宅した高梨を、田宮は笑顔と恒例の『おかえりのチュウ』で出迎えたのであるが、高梨の機嫌の良し悪しの原因が自分に対する思いやりに端を発していたということには当然ながら気づかなかった。

今、押収した百枚を越える田宮のスナップ写真は、厳重に鍵がかけられた高梨の机の引き出しに大切に保管されている。

『かおる』への挑戦状

新幹線の中で良平《りょうへい》はしきりに『かんにん、疲れたやろ』と俺を気遣ってくれていたけれど、実際に疲労困憊《こんぱい》だったのは彼のほうだったようで、帰宅したあとに食事と入浴を終えた今、ベッドで安らかな寝息を立てている。

この休みを――堺の実家へと戻る一泊二日の休みを取るために良平は、ここ一週間というもの仕事上でもかなり無理をしていたようで、帰宅はいつも午前二時とか三時すぎだった。

だが彼の疲労は肉体的なものよりもおそらく、精神的なもののほうが大きかったのではないだろうか、と俺は、彼を起こさぬように気をつけながら、そっとベッドの傍らに腰を下ろすと、目を閉じている良平の少しやつれた顔をじっと見つめた。

今回の良平の帰省の目的は、入院した父親の見舞いにあった。癌に冒されていた彼の父の余命は、あと三ヶ月ほどだという。

それを知らされ、良平がどれだけショックだったかわかるだけに俺は、彼の傍にいたいと――傍で彼の哀しみを共に受け止め、彼を支えることができればと思い、乞われるままに共に大阪に向かったのだった。

さすがは良平の父親だけあり、家族の誰もが隠している病名も余命も、お父さんは把握していた。それでいて明るく振る舞う父親を前にした良平がどんな気持ちだったか――今思い出しても、涙が込み上げてくる。

それにしても、と俺は、涙の滲《にじ》む目を擦《こす》ったあと、改めて今回の良平との『帰省』を振り返り、なんとも衝撃的なシーンの一つ一つを思い起こした。

今回俺は初めてお父さんをはじめ、良平の家族に、なんと『嫁』として紹介されたのだが、その家族一人一人がまさに『さすが良平の家族』とも言うべき人物ばかりだったのだ。

母親は背筋のすっと伸びた、凛《りん》とした雰囲気の素敵な人だった。俺が『嫁』であることに衝撃を受けてはいたが、最後は笑顔で二人の関係を認めてくれた。良平をいかに慈しんで育てたかを感じさせ、優しさと深い愛情に溢《あふ》れている女性だ。

良平の兄弟構成は、年の離れた兄が一人、姉が二人という、ある意味意外なものだったのだが、長兄である康嗣《やすし》さんとは今回、ほとんど会話らしい会話は交わさなかったものの、姉二人がまた、凄かった、と俺は、顔を合わしている間中、まさに『マシンガントーク』炸裂だった美人姉妹を思い出し、思わず溜《た》め息《いき》をついてしまった。

幼い頃の良平は無口で大人しい子だったと聞き、信じられない思いがしたが、あの調子で姉二人が喋《しゃべ》り倒していたのだったら、ない話ではないかと納得してしまう。

といっても俺が、良平の強烈な姉たちに対し、マイナス感情を抱いているというわけではない。確かに『強烈』ではあったが、彼女たちもまた、良平同様――そして良平のご両親同様、心の温かな人たちだった。

考えてみれば、良平がこうも思いやり溢れる性格であるのは、彼の家庭が思いやりに溢れた温かなものだったからだろう。

素敵な家族だったな、と、数時間前に別れたばかりのそれぞれの顔を思い起こしていた俺の脳裏に、良平の庭の片隅にあった小さな墓標が蘇《よみがえ》った。

墓標の下には——。


『かおる……』


泥酔した良平が寝言で漏《も》らしたその名前。気にすまいと思っても、どうにも気になり仕方がなかったその名の主が眠っていた。

そう、『かおる』というのは良平が幼い頃に拾ってきたという黒柴——なんと、犬の名だったのである。

名付け親は長姉のさつきさんだった。なんでも良平が母親に『飼ってもいいか』と必死で交渉している間に、彼女が当時好きだったタカラジェンヌの名を勝手につけたとのことで、良平がめでたく母親の了承を得たときには、子犬の名は『かおる』に決定していた。

まさか犬の名だったなんて、と俺は真実を知らされた瞬間、愕然としてしまったのだが、その『かおる』の墓の前で良平が、幼い頃、泣きたいようなことがあると、ずっと『かおる』を抱き締めていた、と照れくさそうに話してくれたのを聞き、恥ずかしながら、彼——彼女だろうか？　——に嫉妬を覚えてしまったのだった。

これからは良平が泣きたいほどに辛いときに傍にいるのは俺の役目なのだと、墓標に向かって心の中で宣言している自分に気づいたとき、犬にまで対抗してどうする、と軽い自己嫌悪に陥ったのだった、と、そんな自分の情けなさに思わず笑ってしまった俺の頭に、ふと、良平と初めて会ったときのことが蘇った。

新幹線で隣り合わせに座ったあの出逢い——前日の睡眠不足から爆睡してしまっていた俺の寝顔が、昔飼っていた子犬に似ていたと確か彼は言わなかったか。

まさか俺が子犬に——『かおる』に似ていたから良平は、俺を好きになったんだろうか——思わず眉間に皺が寄ってしまっていたことに気づき、はっと我に返ったと同時に、あまりに馬鹿馬鹿しい己の思考に思わず、

「馬鹿じゃないか」

と俺は自らを罵《ののし》ってしまっていた。

「……犬に嫉妬してどうするよ」

まったく、と呟いた声が思いの外響いてしまったからだろうか。

「ん……」

すやすやと安らかな寝息を立てていた良平が小さく呻《うめ》き、薄く目を開いた。

「あ、ごめん」

起こしてしまった、と慌てて詫《わ》びた俺に向かい、

「かんにん。寝てもうた」

良平は俺と正反対の理由の謝罪の言葉を口にし、身体を起こそうとした。

「寝てろよ」

言いながら俺は一旦立ち上がるとそのままベッドの中へ——良平の隣へと身体を滑り込ませた。

「……なんやごろちゃん、いつ、風呂から上がったん？」

良平の顔を見つめている間に随分と時間が経《た》っていたようで、すっかり冷たくなっていた俺の身体を抱き締めながら、良平が驚いたように尋ねてくる。

「さっき」

「せやかて」

「ほんとにさっきだよ。それより、もう寝よう。明日も早いんだし」

良平の寝顔を見ながらあれこれと思い起こしているうちに、かなりの時間が経ってしまったというのも照れくさければ、考えていた内容が『かおる』への嫉妬だったというのもまた照れくさく、俺は強引に会話を打ちきると、良平の胸に顔を埋《うず》め、先に目を閉じた。

「……ごろちゃん……」

良平の両腕が背に回り、彼が俺の髪に顔を埋めてくる。

「おやすみ」

「……あんな、ごろちゃん」

さすがは敏腕刑事とでもいおうか、普段の良平は俺の些細な誤魔化しに敏感に気づき、きっちりとそこに突っ込んでくる。今回も俺はてっきり彼が、俺の頭に浮かんだ馬鹿げた嫉妬心に気づき、それをからかってくるのだろうと予測していたために、彼の呼びかけを無視し、早々に寝ようとしたのだが、耳元で響いた良平の声は、俺の予想を裏切り、酷《ひど》く掠《かす》れていた。

「……なに？」

顔を上げようとした俺の動きを制するように、良平が髪に顔を埋め続けたまま、ぽつりと話しかけてくる。

「……来月も親父の見舞いに行こう、思うとるんやけど、また付き合ってもらえるかな？」

「当たり前やないか」

思わず大きな声を上げてしまったのは、問いかけていた語尾が消え入るほどに良平の声が震えていたためだった。

「おおきに」

無理やりのように明るくそう言った良平が俺の身体をきつく抱き締め、髪に顔を埋めてくる。

　くうん、と犬のように甘えてくる良平の胸中がどれほどのやりきれなさに溢れているかがわかるだけに、俺の目の奥は熱くなり、喉に嗚咽《おえつ》が込み上げてくる。

「礼なんか言うなよ」

　そう、礼など言う必要はないのだ。これからは『かおる』のかわりに俺が良平の涙を、哀しみを、やるせなさを、憤りを、すべて受け止め、彼を支えていくのだ、と心の中で宣言しながら俺は、涙を堪《こら》えたせいでやたらとぶっきらぼうになった声でそう呟くと、尚もきつく俺の背を抱き締めてきた良平の逞《たくま》しいその身体を、力一杯抱き締め返したのだった。

友愛

1

「……や……っ」

噛《か》み締めた田宮《たみや》の唇から抑えられない声が漏れる。

「何が嫌なん……」

息を乱しながらもくすりと笑い、高梨《たかなし》は抱えていた田宮の片脚を更に高く持ち上げると、尚一層深いところに己の雄を突き立てた。

「や……っ……あっ……やっ……」

その声が届いているのかいないのか、田宮はまたもいやいやをするように首を横に振り、高梨から逃れようとでもするかのように身体《からだ》をずり上がらせる。

「どないしたん」

ぐい、と再び片脚を抱えその身体を引き寄せながら、高梨は田宮へと屈み込み耳に囁《ささや》きかけた。

「……っ」

その声に反応した田宮が薄く目を開き、真っ直ぐに高梨を見上げてくる。ベッドサイドの小さな灯《あか》りに煌《きらめ》く潤んだ瞳に見つめられ、高梨の動きが一瞬止まった。その輝きに吸い寄せられるように更に近く顔を寄せ、唇を重ねようとした高梨に、田宮は微《かす》かに眉《まゆ》を寄せると、

「……もう……」

とまたもいやいやをするように首を横に振った。

「……限界？」

こういうときに高梨は、己の内に立ち昇る加虐の焔《ほむら》を感じずにはいられない。開いた田宮の唇に貪《むさぼ》るようなくちづけを与えながら、高梨は更に深く、田宮の内を抉《えぐ》るかのように激しく腰を動かした。

「や……っ……はぁっ……っ……っ……やぁっ……」

田宮の身体が大きく仰《の》け反《ぞ》り、外れた唇からあられもない声が漏れはじめる。再びその声を押し込めるかのように唇を塞《ふさ》いだ高梨は、田宮の眉間《みけん》に深く刻まれた縦皺《じわ》に気づき、そろそろ解放してやらねばと彼の雄へと手を伸ばした。

「はぁっ……あっ……んんっ……」

軽く扱《しご》き上げてやりながら自身の動きも速め、二人同時の絶頂を狙《ねら》う。田宮にはその余裕がないようで、息苦しさからかまたも大きく身体を仰け反らせたあと、

「あぁ……っ」

と一段と高く声を上げ、高梨の手に精を吐き出した。ほぼ同時に高梨も田宮の中で達し、

息を乱しながらも田宮の身体をきつく抱き寄せる。

「……ぁっ……」

ずる、と後ろから高梨の雄が抜かれた感触に小さく声を漏らした田宮も高梨の背を抱き締め返し、肩先に顔を埋《うず》めてきた。

「……辛かった？」

身体を僅《わず》かに離し、額に唇を押し当てるようにして接吻《せっぷん》しながら高梨が田宮に囁きかける。

「…………」

田宮はうん、ともいや、とも言わず、曖昧《あいまい》に首を横に振ると、再び高梨の背をぎゅっと抱き締めてきた。

「……かんにんな……」

高梨もぎゅっと田宮の背を抱き締め返す。最近行為の最中、田宮に無理を強いるようになってきたという感が我ながら否めない。こうした行為に不慣れな田宮の為に、高梨は出来るだけ彼の身体を労《いた》わるよう今まで心がけてきたのだったが、月日が経《た》つに連れその心がけが著しく減少していることを反省せずにはいられなかった。

田宮の身体が、多分本人の自覚はないのだろうが、最近とみに変調をきたしているのも、高梨の行為により拍車をかける結果となっていた。

ブレーキをかけるにはあまりにも彼の身体はなんと言うか——貪欲《どんよく》だった。高梨の力強い

突き上げを求め、その背に両脚を絡めるようなことは今までの田宮にない所作であるのだが、それに気づくと田宮は羞恥《しゅうち》から必ず高梨の身体を突き放すような素振りをした。

恥じらいと欲情が交互に入り乱れる田宮の顔はあまりに淫《みだ》らで、高梨を煽《あお》るのに余りあるものがある。その箍《たが》を外してやりたくて高梨はつい行為に没頭し、ふと気づくと田宮の身体を限界まで攻め苛《さいな》んでいることがままあった。

快楽のままに乱れる彼の身体をこの腕で抱き締めたい、声を抑えることを忘れさせるほどの絶頂を迎える彼の顔をこの目で見たい――あまりに行為が過ぎると田宮は気を失ってしまうこともある。助けを求めるような田宮の、どこか怯《おび》えた視線が己を捉《とら》えるたびに、申し訳ないという思いと共に、その顔の直後に見せる、羞恥の全てを脱ぎ捨てた悦楽に歪む顔を見たくなる気持ちを抑えることができない。そんな自分を持て余し、高梨は気を失いかけた田宮の額に、頬《ほお》にこうして唇を落としながらその背を抱き締め、謝罪の言葉を囁くのであった。

今日は田宮は気を失うところまでには至っていなかったようで、荒い息の下ながら薄く目を開くと、

「……なにが……？」

と掠《かす》れた声で問い掛けてきた。

「……辛かったやろ？」

高梨が髪を梳《す》いてやりながら囁くと、田宮は少し首を傾《かし》げるようにしたあとにっこりと笑

い、

「……まあね」

と高梨の背を抱き締める手に力を込めてきた。

「……段々辛抱がきかなくなってくるわ……」

かんにんな、と高梨は尚も田宮の髪を梳いてやりながら、頬に、額に唇を押しあてるようなキスをする。

「……辛抱……」

ぼんやりと高梨の告げた言葉を繰り返し、田宮がゆっくりと目を閉じた。胸の鼓動も落ち着いてきている。疲れてこのまま眠りにつくのだろう。

「かんにん……」

あどけなさすら感じるその顔に、思わずぼそりと高梨がそう呟《つぶや》くと、田宮はまた無理やりのように目を薄く開き、

「そんなに……辛くなかったよ」

とぼんやりした声で言って笑った。

「ごろちゃん……」

「……気持ち……よかった」

普段ならこの手のことは、高梨がいくら頼んでも言わない彼なのだが、睡魔が判断力を鈍

らせたらしい。

「え？」

高梨が聞き返すより前に、田宮はまたすうっと目を閉じると、そのまま規則正しい寝息を立てはじめた。

「……ごろちゃん……」

高梨は田宮を起こさぬよう気をつけながらも、その背を抱き締めずにはいられなかった。愛しさが胸に込み上げてくる。

「……愛してるよ」

高梨の囁きは、既に眠りの世界に入っている田宮には聞こえぬはずであるのに、あたかもその声が届いたかのように田宮はにっこりと幸せそうな笑みを浮かべ、彼の胸に顔を埋めてきたのだった。


翌朝、丁度休みが重なった高梨と田宮は昼すぎに起き出し、遅い朝食をとりながら、今日の予定を話し合いはじめた。

「折角の休みやからね……どっかいこか？」

どんなに前夜の疲れを残していても台所に立ちたがる田宮が作った朝食の皿を重ねながら、高梨が田宮に問い掛ける。

かつては田宮の体調を思い、朝食の支度をしたこともあった高梨だが、かえって田宮が恐縮するだけなので最近では彼の好きにさせている。

気を遣うな、と言うと、気なんか遣ってない、と突っぱねる彼の思いはどこにあるのか——激務ということなら、最近は深夜残業が週の大半を占める田宮の仕事も充分激務だと思う。自分のことは棚に上げ、高梨の仕事の大変さを慮《おもんぱか》っての気遣いなのだろうと高梨は解していたが、互いに大変なのだから、と田宮を説得することはできないでいた。

未《いま》だに遠慮があるからではない。互いを思いあっての結果そうなってしまっていることを、敢《あ》えてやめさせることもないか、と無理に思おうとはするのだが、今朝など殆《ほとん》ど白いような顔でのっそりと起き出し、米を磨《と》いでいる田宮の後ろ姿を見てしまうと、いいから、とつい口を出したくもなる。

古風というかなんというか——まあ男同士であるのだから、古風も何もないのだろうが、田宮には高梨の世話を焼きたい、という頑とした思いがあるようで、有り難く、そして嬉しくもあるその思いが、頑固で意地っ張りでもある彼の負担になっていないことを高梨は祈るばかりであった。

「何処《どこ》か？」

高梨が重ねた皿をキッチンに運ぶために手元に引き寄せながら、田宮が、うーん、と宙を睨《にら》む。そんな彼の手から高梨は皿を取り上げると、

「そ。どっかいきたいとこ、ある？」

と尋ねつつ立ち上がった。

「いいよ」

俺がやる、と言う田宮に、

「ええから」

と高梨は笑ってその顔を覗《のぞ》き込む。

「たまには二人して出かけよ」

な、と高梨が首を傾けたそのとき、壁にかけてあった彼の上着から携帯の着信音が鳴り響いた。

「…………」

「…………」

その瞬間二人は顔を見合わせ、続いて音源へと目を向ける。

「……誰やろ」

田宮の視線を痛いほどに背中に感じながら、高梨は電話をとりに向かった。休日返上の予感がする。田宮の眼差《まなざ》しが切なそうなのは、二人の休みがなくなるから、というよりは、高

梨の体調を慮ったが故なのだろう。

「もしもし」

折角の休日、二人して心ゆくまで楽しもうと――田宮の行きたいところへ行き、したいことに付き合いたいと思っていたのに、などと、十代の若者のようなある意味青臭い思いを振り切るように高梨は軽く頭を振ると、厳しい口調で電話に出た。着信の番号は非通知だった。誰だろう、と思うより前に、

『高梨か？』

という懐かしい声が耳に響き、思わず彼は、

「なんだ、杜丘《もりおか》か？」

と大きな声で呼びかけてしまっていた。後ろで驚いたように田宮が自分を見ているのを目の端で捉えながら、高梨は電話を握り直し、

「どうした？　今何処にいる？　名古屋か？」

と懐かしい友の声に耳を傾けた。

『いや、東京だ』

「東京？」

電話の相手は杜丘智成《ともなり》といい、高梨の大学時代の友人だった。同じ法学部出身で、杜丘は司法試験を受け検事となった。名古屋の地検に勤めている彼が今東京、ということは出張な

のだろうか、と思って尋ねると、

『辞令が出てね。来週から東京になる』

それで今、東京に着いたのだという。

「なんや、水臭い。発令日に教えてくれてもええんちゃうか？」

高梨は笑いながらも責めるような口調になった。そんな高梨を田宮が何ごとかと見つめている。ちょっと待ってな、と目で田宮に答えながら、高梨は、

「で？　どないしたん？」

と杜丘が電話をしてきた用件へと話を振った。

『ああ、丁度今、東京駅に着いたんだが、久々に会えないかと思ってな』

杜丘の『用件』は高梨の思いもかけないことだった。

「ああ……？」

どうしようかな、と高梨は田宮の方へと視線を投げた。そんな彼の逡巡《しゅんじゅん》など電話の相手は勿論知るわけもない。

『いや、署にかけたら今日は休んでいると携帯番号を教えてくれてな、休みのところ悪いとは思ったんだが、そうそうゆっくりお前と話せる機会も持てそうにないし、なによりコッチの様子を聞かせてもらえたら、と思ってな』

無理ならいいんだ、と笑う杜丘に高梨は、

「いや、無理っちゅうことはないんやけど……」

と言葉を濁し、また田宮をちらと見た。電話の向こうの話が聞こえない田宮は不思議そうに首を傾げていたが、だいたいのことを察したのだろう、にっこり笑うと、声は出さずに『いいから』と口を動かし、テーブルの上に残った皿を手にキッチンへと消えた。

『……高梨？』

思わずその姿を目で追っている間、留守になってしまった電話の向こうから杜丘が問い掛けてくる。

「ああ、すまん。ええよ。何時に何処に行ったらええかな？」

高梨はひとり心を決め、通話をしながらキッチンへと向かった。洗い物をやりかけていた田宮が気づいて水道の水を止め、振り返る。

『今東京駅だから……何時に何処がいいかな？』

「そしたら、一時間後に新宿で。杜丘に是非紹介したい人がおるんや。一緒に連れてくな」

高梨はそう言うと、え、と目を見開いた田宮に向かってぱちりと片目を瞑《つむ》ってみせた。

『紹介したい人？』

杜丘が驚いた声を上げるのに、

「ま、会ってからのお楽しみっちゅうことで。ほな、新宿の……どこがええやろ？　ルミネ1五階の本屋、わかるか？」

高梨はみなまで言わせず、待ち合わせ場所を指定した。

『ああ、わかる。それにしても紹介したい人って誰だよ？　そっちこそ水臭いじゃないか』

「ええやんか。あと一時間後にわかるわ」

そしたらあとでな、と高梨は電話を切り、啞然《あぜん》としている田宮に向かって、

「ほな、支度しよか」

とにっこりと微笑《ほほえ》みかけたのだった。


「杜丘はな、大学のときの同級生で今度東京地検に異動になったんやて。なかなかのナイスガイや」

ま、僕には劣るけどな、とふざけて笑う高梨の横で、

「東京地検っていったら……検事？」

緊張を顔に滲《にじ》ませながら田宮がそう問いかける。

「せや。いよいよ東京に戻ってきたんやねえ。名古屋でも結構な評判やったらしいから、スピード出世ちゃうかな？」

「そうなんだ……」

ぴく、と田宮の頬が震える。益々緊張させてしまったかな、と高梨は内心しまったと思いつつ、

「ま、所詮《しょせん》は僕のトモダチや。大した男やないて」

と田宮を安心させるように、その背をばんばん、と軽く叩いた。

「充分大した男だと思うけど……」

ぼそ、と呟いた田宮が、そうだ、というように顔を上げ、

「あのさ」

と高梨の目を覗き込んできた。

「なに？」

「……俺のこと……まさかいつもみたいに『嫁さん』とは紹介しないよな？」

真剣すぎるほど真剣な眼差しに、思わず高梨は吹き出してしまった。

「なんだよ」

何が可笑《おか》しいんだ、とふくれる田宮に高梨は、

「そんなん、当たり前やないか」

と笑い、田宮の肩を抱いた。よかった、とほっとしたような顔をした田宮に高梨は、

「『嫁さん』以外に、なんてごろちゃんを紹介すればええっちゅうの。最愛の嫁さんて、惚《のろ》気捲《けまく》ったるわ」

とにっこりと微笑みかけた。

「だーかーらー！」

慌てて高梨の手を振り払おうとする田宮の身体を更にぎゅっと自分の方へと抱き寄せ、頬を摺《す》り寄せる。

「へんなごろちゃんやねえ」

「ヘンなのは良平《りょうへい》だろっ」

やめろよ、人前で、と暴れる田宮を押さえ込みながら高梨は、

「別にヘンやないよ。皆に堂々と紹介したいわ。これが僕の一番大切な人やて」

と田宮の耳元で囁き、耳朶《じだ》に唇を寄せた。

「……良平……」

田宮の頬に血が上り、みるみるうちに紅《あか》く染まってゆく。

「杜丘は僕の大切なトモダチや。そのトモダチにごろちゃんをごろちゃんとして、紹介させてや……な？」

高梨はそう囁くと、真っ赤な顔をして頷《うなず》いた田宮の頬にちゅ、と軽く音を立ててキスをし、身体を離した。

「……こういうことは……しないでおこうな」

頬に手をやりながら、田宮が潤んだ目で高梨を睨む。

「……どういうこと？」

くす、と笑って田宮の肩を抱いた高梨に、田宮は無言で身体を寄せてきた。

「……このくらいはＯＫ？」

頬を寄せると、

「馬鹿」

と田宮は拳で高梨の脇腹を軽く小突いたが、肩は抱かれたままで足を進めている。

「良平」

暫《しばら》く歩いたあと、小さな声で田宮に名を呼ばれ、高梨が顔を覗き込むと、

「……なんでもない」

何かを言いかけた田宮がその視線を避けるかのように俯《うつむ》き、ぶっきらぼうな口調でそう言った。

「……ほんま、愛してるよ」

逸《そ》らせた目の縁に涙の名残を見出した高梨は田宮の胸中を察し、ぎゅっと彼の肩を抱き寄せる。

「……『愛してる』も禁止な」

ぼそりと言い捨てながらも田宮が指先で瞼を擦《こす》り、自分に身体を寄せてくるのに、高梨は抑えきれないほどの彼への愛しさを感じ、その肩を抱く指先に益々力を込めたのだった。

本屋で合流した杜丘と高梨たちは、そのまま同じフロアのコーヒー店に腰を落ち着けた。田宮を見て杜丘は一瞬不思議そうな顔をしたが、すぐにその表情を引っ込め、

「はじめまして」

と彼に笑いかけてきた。

高梨の大学時代の友人という杜丘は、高梨と同じくらいの身長で、見るからに切れ者の様相を呈していた。見事な体軀《たいく》を誇る高梨とは対照的な線の細いタイプではあったが、ひ弱な感じはなく、引き締まったいい身体をしていることは、休日だというのに彼が身につけていたスーツの上からも感じ取ることができた。

理知的な瞳を縁なしの眼鏡の奥に隠しているその白皙《はくせき》の容貌《ようぼう》は、周囲の人を振り向かせるに充分なほど整っている。どことなく冷たい感じがするのはあまりにも隙がなさ過ぎるためらしく、笑みに顔が綻《ほころ》ぶと途端に人懐っこさが生まれ、緊張している田宮の心を瞬時和ませた。これがエリート検事か、と田宮は心の中で呟きながら、

「はじめまして。田宮です」

と真っ直ぐに杜丘を見返し、小さく頭を下げた。

「紹介するわ。僕の大学時代の友人の杜丘。杜丘、こちらが僕の……」

高梨は一瞬擽《くすぐ》ったそうな顔をして田宮の顔を覗き込んだあと、杜丘へと向き直り、

「これが僕の最愛の人、ごろちゃんや」

とにっこりと笑いかけた。

「……え？」

つられて笑顔になった杜丘の顔が引き攣《つ》る。田宮はもう顔を上げていられない、と頬に血を上らせたまま、じっと下を向いていた。

「最愛……」

「せや。杜丘には紹介したかってん」

少しも臆《おく》する素振りをみせず、高梨が笑い田宮の肩を抱く。

杜丘はどうリアクションをとったらいいかと、困ったような顔をしながらも、なんとか話題を見つけようとしたのだろう、

「……いやあ、実は職場にかける前にお前の自宅に電話したんだけど、『現在使われておりません』になってたんだが……」

と高梨と連絡をとれなかったという話を彼に振ってきた。

「そ、ややこしいんで解約したんや」

「え？」

そこではじめて田宮が驚いて顔を上げ、高梨の顔をまじまじと見やった。

「今はこのごろちゃんちに居候させてもろうとるんや。一応家はそのまんまにしとるんやけど、電話はかかってきても出られへんやろ？　携帯もあるし、ええかと思って解約してもうたんや」

「……なるほどな」

ははは、と乾いた笑い声を上げ、杜丘が高梨と田宮を代わる代わるに見やる。

「そのうちちゃんと一緒に暮らす部屋を借り直すさかい、待っとってな」

高梨は唖然としている田宮にそう笑いかけ、な、と杜丘を見返した。

「……そっか」

なんと答えていいかわからない様子で杜丘はやはり引き攣った笑いを浮かべ、相槌《あいづち》を打っている。

「……すみません……」

困ったようなその顔に、思わず謝ってしまった田宮だったが、

「なんでごろちゃんが謝るの？」

「そうですよ。それじゃなんだ、今、何処に住んでるんですか？」

と慌てた口調の二人からの問い掛けに、驚いて目を見開き、

「えーと……？」

と二人を順番に見返した。が、彼の答えを待たず、高梨と杜丘の会話は先へと流れて行く。

「高円寺や。お前の官舎はどこや？」

「ああ、目黒だ。古い家だよ。瑶子《ようこ》は愚痴ばっかり言ってる」

「立地がええだけに贅沢《ぜいたく》は言えんわな。瑶子さん、元気か？」

「ああ。お前に会いたがってたよ。今日はまだ名古屋だ。引越しの準備で忙しいもんでな。一足先に俺だけ来た。今夜はホテルに泊まることになってる」

「ま、今度落ち着いたら家にでも呼んでくれ」

「ああ。そのときは是非、『ごろちゃん』もご一緒に」

にっこり、と自分に微笑みかけてきた杜丘に、二人の会話をぼんやりと聞いているしかなかった田宮は、

「……え？」

とまた驚いて杜丘の顔を見返した。

「高梨の『最愛の人』を瑶子にも紹介したいしな」

「瑶子さんゆうのは杜丘の嫁さんや」

高梨は田宮にそう笑いかけると、杜丘へと向き直り、

「家族ぐるみのお付き合いっちゅうやつやね」

とにっと笑ってみせた。

「ようやく高梨も落ち着くとこに落ち着いたってことか」

「まあな」

えへへ、と照れたように笑いながら高梨が田宮の肩を抱く。

「ほんとにこの男は、今まで浮いた話のひとつもなかったもんで、僕も妻も実のところ心配してたんですよ。ま、見た目こんなんですけど、中身はいい奴だって僕も保証しますんで……」

「見た目こんなんってどういう意味や」

高梨が聞き捨てならない、というように杜丘を睨み、

「おちゃらけてるってことさ」

と杜丘がふざけて笑う。

「おちゃらけてなんかおらんわなあ？」

高梨がそう田宮の顔を覗き込んだとき、大きな瞳を潤ませていた彼は、

「めちゃめちゃおちゃらけてまんがな」

と高梨を見て笑った。

「ほら、みろ」

あはは、と杜丘も笑う。

「ひどいわ。ごろちゃん」

ふざけて口を尖《とが》らせた高梨の口調に田宮も声を上げて笑いながら、杜丘へと視線を戻し、ぺこりと小さく頭を下げた。杜丘も微笑みながら田宮に向かって頭を下げる。

「これから宜しくお願いしますね」

「こちらこそ」

どちらからともなく右手を出し合い、杜丘と田宮は手を握り合った。

「こんなんでヤキモチ焼いとる僕もまだまだ小さな男やわ」

高梨の本気とも冗談ともつかないぼやきがそんな二人を笑わせる。

「馬鹿じゃないか」

呆《あき》れてみせた田宮の顔からはすっかり緊張が消えていた。

「そういうところがおちゃらけてるんだよ」

ね、と笑う杜丘に、そうですよね、と笑い返すと、田宮は高梨と視線を合わせ、にっこりと本当に嬉しそうに微笑んだのだった。


それから彼らは場所を移動し、深夜近くまで酒を飲んだ。ホテルに戻るという杜丘をタクシー乗り場で見送ったあと、次に来たタクシーで帰路につきながら、田宮は酔った頬を高梨の胸に寄せた。

「……酔っ払った？」

くす、と笑った高梨がそんな田宮の背を抱き寄せる。

「……良平の友達らしい……いい人だね」

田宮もくす、と笑うと、高梨の胸の中で目を閉じ、その腕に身体を預けた。

「当たり前やろ」

だから紹介したかったんや、と言いながら高梨が田宮の髪に顔を埋める。

「……当たり前やね」

はあ、と小さく息を吐きそう言うと、田宮はそのまま眠ってしまったようだった。

「目黒の家にも遊びに行こな」

高梨自身、杜丘が田宮との関係を受け入れてくれるかどうか、正直賭けのように思っている部分があった。田宮との関係を恥じているわけではないが、世間的に見たらやはり眉を顰《ひそ》められるような仲であるという自覚がない彼ではない。

だが、たとえ眉を顰められたとしても、自身を曲げるつもりは勿論ないし、自分がわかって欲しいと思う相手であれば、何度となく話をし、二人の関係を認めてもらいたいという思いを高梨は常に抱いていた。

杜丘は高梨にとって、大学時代を共に過ごしたというだけではなく、共に未来を語り合った仲間であった。悩みを相談し合い、互いに切磋《せっさ》琢磨《たくま》し高め合ってきたという自負があるだけに、彼には田宮との仲をわかってもらいたいと思っていたし、できれば祝福してもらいたいとも思っていた。

ただ、常識人の塊でもある彼が——彼が司法試験に受かったとき迷わず検事の道を選んだことに、高梨は誰より深く納得した。いわゆる世間が悪と思うことを、何の疑いもなく悪、と言い切れる潔さを杜丘が有していたからである——田宮と自分との仲をあれほどまでに手放しで祝福してくれるとは思わなかった。

それもこれも、田宮の人柄のためかもしれない——その表情から、言葉の端々から滲み出る彼の温かな人柄が、杜丘の心に届いたからではないだろうか、と高梨は田宮を起こさぬよう、その背をそっと抱き直した。

「……ん……」

気持ちよさそうに寝息を立てている田宮の顔を見下ろし、言葉にできないほどの幸福感に酔っていた高梨は、同じ頃、彼らをここまで幸せな気持ちに導いてくれた杜丘の身に如何《いか》なる不幸な出来事が降り掛かっていたか、知る由もなかった。

2

杜丘の妻、瑶子の死体が名古屋の自宅で発見されたのは、高梨たちと杜丘が会ったその翌日の夕方、自宅にいくら電話をしても妻が出ないことを訝《いぶか》って、杜丘が付き合いのある隣人に様子を見に行って欲しいと頼んだ午後五時頃であった。

室内が酷《ひど》く荒らされており、物盗りの犯行という見解が為された。死亡推定時刻は当日の午前零時頃、死因は絞殺であったが、出会い頭に首を絞められたのか、抵抗らしい抵抗をした形跡は見られなかった。すぐさま杜丘は東京から呼び戻され、変わり果てた妻と対面させられることになった。

「どうしてこんな……」

普段取り乱したところなど見せたことがないというこの敏腕検事が茫然自失《ぼうぜんじしつ》としている様をはじめてみた、と捜査にあたった愛知県警の刑事はあとで仲間内にそう漏らしたという。

すぐさま捜査本部が設置され、強盗殺人の線で捜査が開始された。侵入経路は一箇所だけ鍵が開いていたため、二階のその窓を見られたが、余程周到な犯人であるのか、足跡などの痕跡《こんせき》は一切残っていなかった。前日雨が降ったのがまた捜査の障害となった。隣人への聞き込みからも何も得られるものがなく、捜査は早々にして暗礁に乗り上げてしまった。

「え？」

高梨からその話を聞いた田宮は一瞬絶句し、

「なんでそんな……」

と高梨の腕を摑《つか》んだ。

「ほんまにな……」

高梨も痛ましそうな顔で頷いたあと、愛知県警から入ってきた事件のあらましを田宮に説明しはじめた。

「……丁度俺たちと飲んでいた時間だ……」

死亡推定時刻の話になったとき田宮がぽつりと呟いた言葉に、高梨は内心感じた驚きを抑え込んだ。田宮はなんの気なしに言ったのだろうが、県警から高梨はその時間の杜丘のアリバイの裏付けをとられていたからである。

県警としても検事である杜丘を疑っているわけではない、としつこいくらいに念を押したあと、その時間本当に高梨が杜丘と一緒にいたのか、と確認を取ってきた刑事は、電話ではなく直接高梨を訪ねてきた。杜丘が泊まったホテルにも確認を取りに行くのだという。

「……物盗りと聞いていますが？」

あまりに念入りな捜査を訝って尋ねると、年輩の刑事はいやあ、と笑って、

「単なる確認ですわ。課長にも無駄な出張旅費使うてからに、と怒られましたわ」

とつるりと禿《は》げ上がった頭を撫《な》でた。が、その実、彼の目が少しも笑っていないということに高梨は気づいていた。

気になってそれとなく金岡《かなおか》課長に愛知県警へと探りを入れてもらったが、杜丘が疑われているという気配はなさそうだった。あの老刑事の先走りか、と一旦は納得したものの、変な引っ掛かりが心に芽生えるのを、高梨は自分でも抑えることができずにいた。

「良平？」

黙り込んでしまった高梨に、田宮が遠慮がちに声をかけてくる。

「ああ、かんにん」

その頬に手を添え、にっこりと微笑みかけてやりながらも、高梨はこの引っ掛かりはなんだろう、と己の内に思いを向けた。

あの夜、杜丘とは新宿南口の小洒落《こじゃれ》た和食の店で飲んだのだった。そのときの杜丘の様子がおかしかった、というような覚えはない。強いて言うなら、昔はいつもザルのように飲んでいた彼がアルコール量を抑え気味だったことくらいだが、それも新赴任地での仕事はじめ

となる翌日のことを考えたのだろうと思えば納得も出来た。

それにもう若い頃のように、羽目を外さなくなったのかもしれない——そういえば杜丘と飲むのは随分久しぶりだったな、と高梨は改めて気づき、その年月がそのまま自分達の上に積み重なっているのだというなんともいえない思いに苦笑した。

青臭く未来について、正義について語っていた杜丘も、いまやその正義の証《あかし》を胸に日々活躍しているのである。自分も年をとったが、杜丘も年をとった。エキセントリックな面もあった彼が随分丸くなっていたからな、と昔を懐かしんでいた高梨だったが、今はそんなときではないかと思い直し、再びあの日の夜へと意識を戻した。

だがいくら考えても杜丘の素振りに不自然な点があったとは思えず、やはりこの引っ掛かりは意味のないものだったか、と考えを改めようとしていた矢先、その杜丘から会いたいという連絡が入ったのだった。


「夜遅くにすまんな」

新宿まで出てこられるか、と杜丘に言われ、プリンスホテルの最上階のラウンジで、高梨は杜丘と落ち合うことにした。

「いや、気にすることあらへん」

時計を見るとそろそろ午前零時を迎える頃だ。丁度死亡推定時刻だな、と思った高梨の心を読んだかのように、杜丘は溜め息をつくと、

「愛知県警の刑事が来ただろう」

と、手の中のグラスを一気に呷《あお》った。

「……ああ？」

その様子を目の前に、高梨は内心杜丘の憔悴《しょうすい》ぶりに驚き、心を痛めていた。

杜丘と妻の瑶子は学生時代に付き合いがはじまり、卒業とほぼ同時に結婚していた。熱烈な恋愛結婚だ、と本人たちが惚気るほどに仲のいい夫婦だった。

杜丘の妻は大きな瞳の美しい女性で、小首を傾げるようにして話を聞いている様子が本当に愛らしかった。それでいてときどき会話の最中に鋭い切り返しを見せるという頭のよさも持ち合わせている彼女は、見た目を裏切る豪胆さで若き日の高梨の目を時折丸くさせた。

そのギャップがいいのだと、学生時代の杜丘はそれこそ彼女に夢中で、ハートを射止めるために猛烈なアプローチを試みていたが、そうするまでもなく彼女の方も杜丘の人柄に惚《ほ》れ込み傍目《はため》にも微笑ましいくらいに仲のよいカップルであったと、高梨は昔を思い出していた。

その彼女が自分の不在中に何者かに殺されたというだけでもどれほどショックだろうと思うのに、殺害の疑いをかけられるかのような警察の取り調べをうけては、自暴自棄になりた

くもなるに違いない。

「俺のアリバイを嗅《か》ぎまわっているらしい……ふざけた話だ」

ホテルに本当に宿泊したかどうかを確かめに行ったんだってよ、と自棄《やけ》のように高く笑うと、杜丘はバーテンに空になったグラスを上げてみせた。

「……ま、形式どおりの捜査らしいやないか」

何を言っても慰めにもならないことはわかるが、妻を失った哀しみや憤りを少しでも癒してやりたくて、高梨はそう言い自分も酒を呷《あお》った。

「……形式形式形式形式……確かに俺も、少しでも疑問があるような捜査はするな、と県警に何度もやり直しを命じたよ。それを逆恨みでもしてるのかあの刑事は……」

慌てたように飛んできたバーテンに「同じ物を」と命じ、杜丘はそう言い捨てたあとに大きく溜め息をついた。

「…………」

そんなふうには見えなかったな、と高梨は老刑事の風体を思い出し、ちらとそう思ったが、それを口にするほど思慮が浅くもなかった。

「……知ってるか？　あいつら、馬鹿げた噂に翻弄《ほんろう》されてるのさ」

バーテンが持ってきた酒を受け取ると、杜丘はにやりと笑ってその酒を一気に呷った。

「噂？」

乱暴な彼の飲み方に、近くにいたバーテンが同席している高梨へと困ったような視線を向けてくる。高梨はさりげなく杜丘の手からグラスを取り上げると、

「噂って……なんや？」

と流石《さすが》に飲みすぎたのか、手で額を支えるようにして片肘《かたひじ》をつく杜丘の顔を覗き込んだ。

「……瑶子が不貞をはたらいてるって噂さ」

顔を傾けそう告げた杜丘の言葉に、高梨は心底驚いた。

「不貞？」

大声を上げそうになった瞬間に思いとどまり、抑えた声で繰り返すと、杜丘はいつになく濁った瞳を高梨に向け、

「そう。瑶子が近所の大学生を俺の留守中に家に引っ張り込んで、宜しくやってるっていう、馬鹿馬鹿しい噂さ」

そう言いながら、くすくすと笑いはじめた。

「杜丘……」

高梨はなんと言葉をかけてよいのかわからず絶句してしまったのだったが、杜丘が再びバーテンに手を上げようとするのを、

「そのくらいにしときや」

と制し、自分もグラスを空けると会計を頼むジェスチャーをした。

「かしこまりました」

ほっとしたような顔のバーテンにカードを渡し、高梨は、

「そろそろいこか」

と杜丘の背中を叩く。

「……馬鹿馬鹿しい噂さ」

カウンターに顔を伏せている杜丘の肩が震えていた。抑えきれない笑いのためか、はたまた謂《いわ》れのない誹謗《ひぼう》に憤りを感じているためか、それとも——。

「ああ、馬鹿馬鹿しいな」

高梨は杜丘の背を、労りの思いを込めてばんばんと叩くと、行こか、とその背を抱くようにして立ち上がらせた。

「……高梨……」

目のあたりを右手で覆ったまま杜丘が椅子から立ち上がり、高梨の肩に凭《もた》れかかる。

「歩けるか？」

「ああ」

杜丘は高梨の胸を押しやり自力で立つと、ふらつく足取りで彼の先を歩きはじめた。

「送ろう」

サインを求めるために駆け寄ってきたバーテンを相手に会計を済ませ、高梨は早足で杜丘

の背後に歩み寄るとその腕を摑んだ。

「いらん」

杜丘は笑って高梨の手を振り解《ほど》き、店の者が呼んでおいてくれたらしいエレベーターに乗り込んでゆく。

「ええから」

目黒やったな、と再び高梨が腕を摑むと、杜丘はそうだ、と笑い、

「地下の駐車場に車を停めてある。それで帰るさ」

と高梨に片目を瞑ってみせた。

「あほ言え。バリバリの飲酒運転やないか」

呆れた声を上げた高梨に、

「こんな夜は見逃してくれよ」

とふらふらしながら杜丘が笑う。

「あかんて」

冗談でも言うなや、と高梨は強引に杜丘の腕を摑むとエレベーターを降り、そのまま彼をタクシー乗り場へと引っ張っていった。

「ほら、乗らんかい」

無理やり杜丘をシートに押し込み、自分も続いて同じ車に乗り込む。

「なんだよ、逆方向だろ？」

「ええから。どこやったっけ？　目黒？」

無理やり住所を言わせ、高梨はそれを運転手に告げると、

「寝ときや」

と杜丘の頭を軽く小突いた。

「……すまんな」

くぐもったような声で杜丘は呟くと、腕組みをして寝る態勢に入ったようだ。その姿にほっとし小さく溜め息をついた高梨だったが、不意に杜丘がぱちりと両目を開き、

「悪かったな」

と笑いかけてきたのには虚を衝かれ、一瞬言葉を失ってしまった。

「なにが？」

慌てて問い返すと、杜丘はくすりと笑って、

「いや、こんな夜中に呼び出して……『ごろちゃん』がさぞやきもきしてるだろうと思ってさ」

そう言い、高梨の胸に凭れかかってきた。

「やきもきなんかするかい。ふとーい絆《きずな》で結ばれとるさかいな」

高梨は笑いながら杜丘の肩を抱き、彼が寝やすいような体勢を作ってやった。

「そりゃうらやましいねえ」

くす、と笑った杜丘が高梨の胸で目を閉じる。

「こんなとこ見られたら妬《や》かれるかもしれんけどな」

ふざけた口調でそう言い、高梨は杜丘の肩を軽く叩いたが、杜丘は無言で微笑んだだけで身体を起こそうとはしなかった。

それから間もなくして杜丘は眠ってしまったようだった。自分の腕の中で規則正しく上下する彼の肩を抱き直すと、高梨はそっと杜丘の顔を覗き込んでみた。落ち窪《くぼ》んだ眼窩《がんか》も、珍しく剃《そ》り残しのある髭《ひげ》も、彼が対面せざるを得なかった災厄の非情さを物語っているように思え、己の胸まで痛む思いがする。

『馬鹿馬鹿しい噂さ』

吐き捨てるようにそう言った杜丘の声が高梨の脳裏に蘇《よみがえ》る。死者を鞭打《むちう》つような誹謗にどれだけ彼は傷ついたことだろう。酷い話だ、と高梨は杜丘の顔から目を逸らし、車窓に映る自分の顔と、流れる高速の灯《あか》りをぼんやりと見やった。

再び何か説明のできない違和感が高梨の胸を過《よ》ぎる。その正体を摑もうと手を伸ばしても、車窓を流れ行く灯りのように捕らえることが出来ないもどかしさに高梨は眉を顰《ひそ》めながら、何も見えぬ窓の外をいつまでも見つめ続けた。

高梨の胸を過ぎった『違和感』の正体がその姿をあらわすのには、それほどの時を要さなかった。

翌日、再び訪ねてきた愛知県警の副島《そえじま》という老刑事が高梨に、杜丘の言っていた『馬鹿馬鹿しい噂』の信憑性《しんぴょうせい》を懇切丁寧に説明してくれたのである。

「ですから全くのデマというわけではなかったらしいんですな。最近は夫婦仲が上手《うま》くいってないと奥さんが友達に零《こぼ》していた、ゆう証言もとれてます」

にこにことした語り口は、かつて一度だけ一緒に仕事をしたことのある大阪府警の刑事を思い出させ、高梨を懐かしい思いに浸らせたが、彼の話の内容は決して微笑ましいものではなかった。

「だとしてもですな、それで一足飛びに杜丘が怪しい、と思われるのはどうも……」

「別に怪しいなんて申し上げてはいませんわ」

慌てたように顔の前で両手を振って見せる素振りもいかにもわざとらしい。が、それも何故か憎めないのは老練なこの刑事の持ち味なのだろうか、と高梨は目の前の彼を観察する。

「ただねえ、いくつか気になることはあるんですわ」

と副島が声を潜めるようにそんなことを言いだした。彼につられ、高梨の声も自然と低くなった。

「気になること？」

「あの日の明け方にね、隣の家の奥さんが、前の道に車が停まる音を聞いたような気がする、言うんですわ。まあ雨も降っとったし、時間も正確ではないんですがな」

「それが……」

何を言いたいのだ、と眉を顰めた高梨に副島は、

「それからガイシャの——検事の奥さんの遺体なんですがな」

とまるで違う話をしはじめる。

「死斑《しはん》がねえ……どうも気になるんですわ」

「死斑？」

高梨は県警から念のため送ってもらった解剖所見を思い起こした。死後およそ十七時間で発見された彼女の死体に何か不審な点などあっただろうかと記憶を辿《たど》る彼に、副島は相変わらずの低い声で、

「右半身に重点的に死斑が浮いていましてな、まるで狭いところに押し込められでもしとったかのような状態にも見える、という解剖医の見解なんですが、『にもみえる』では、なか

なか本部も動いてはくれませんでなあ」

溜め息混じりにそう言うと、にか、と白い歯を見せて笑った。

「狭いところ……」

それで車か、と高梨は先ほどの話との繋《つな》がりを理解した。杜丘のアリバイは十二時近くまでは高梨が一緒にいたと証明できる。彼の妻の殺害時刻はその十二時、殺された場所が名古屋であれば、杜丘のアリバイは確かに成立するが、もしその場が東京であったとしたのなら
――？

高梨たちと別れたあと東京で妻を殺害し、そのまま車で名古屋の自宅へと戻って遺体を室内に運び入れ、自身はまた東京にトンボ帰りする。東京――名古屋間は深夜の、高速が空いている時間なら四時間もあれば余裕で移動することが出来るだろう。帰りも車、というわけにはいかないだろうが、朝一番の新幹線で帰ってくれば、東京駅の到着は八時十三分、その足でホテルをチェックアウトし、九時には検察庁へと出向くことが充分可能だ。

「…………」

高梨は無言のまま、目の前で笑う副島刑事の顔を見返した。

「……なかなか単独捜査は困難でしてな、新幹線の聞き込み、レンタカー会社の聞き込み、名古屋には早《は》よ戻って来い言われとりますし、ほんま、なかなか思うようにはいきませんわ」

副島刑事はまた白い歯を見せ笑ったが、やはりその目は少しも笑ってはいなかった。

「……そら、しんどいですな」

苦虫を噛み潰《つぶ》したような顔で相槌を打ちながら、高梨は自分が覚えた違和感の尻尾を捕まえたのを嫌でも自覚せざるを得ないでいた。

車、だ――。

あの日、『今「東京駅」に着いた』という杜丘からの電話を受けたときには不自然とは思わなかったが、駅だというのに周囲があまりにも静かであったという印象が意識下に残っていたのだろう。あの時彼は多分、車中にいたに違いない。

車に彼の妻は同乗していたのだろうか。二人の間でどういった取り決めがされていたかは知らないが、深夜再び妻と合流した杜丘が彼女を殺し、その遺体を車で名古屋まで運んだ――？

『地下駐車場に車を停めてある』

昨夜杜丘がそう言ったとき、高梨は無意識のうちにあの日の彼の移動手段を疑ったのかもしれない。それが説明できない違和感となり、気付かぬうちに彼に疑いの目を向けていた――というのは、あまりに高梨にとってはやるせない推論であった。

「……ま、根気よく頑張りますわ」

それじゃ、と軽く頭を下げ自分の前から去ってゆく副島の姿を目で追いながら、高梨はポケットの携帯へと手を伸ばしていた。

『馬鹿馬鹿しい噂さ』

テーブルに顔を伏せ、肩を震わせていた友の声が高梨の脳裏に蘇る。

それでも――。

「あ、もしもし？」

すぐに電話に出た相手に高梨は名乗ると、これから会えないか、となんでもないことを伝えるようにそう告げた。

『待ってる』

地検の自分の部室に来い、という友の声も、まるで何ごともなかったかのような平坦なものだったことになんとなくほっとしながら、高梨は上着を摑むと、

「ちょっと出てきますわ」

と課長に言い置き、署をあとにしたのだった。


「昨日は申し訳なかったな」

晴れやかともとれる顔で高梨を出迎えた杜丘に、高梨もいつものように、

「何をおっしゃいますやら」

とおどけた口調で返すと「ちょっとええか？」と暗に二人になりたいという素振りをしてみせた。

「ああ」

杜丘はすぐに察し、事務官に席を外すよう命じる。茶の準備をしていた彼が慌てて部屋を出て行く後ろ姿を目で追っていた高梨は、

「で？　なんの話だ？」

という杜丘の声に我に返ったかのように肩を震わせると、ゆっくりと身体を返した。

「なんだ、そんな顔して」

外国人のようなオーバーな仕草で両手を広げてみせながら杜丘が、

「コーヒーでも飲むか」

と事務官の代わりに簡易式のキッチンへと立とうとする。

「……違う、言うてくれや」

その背中に向かい、高梨は小さな声でそう告げた。

「なに？」

小首を傾げるようにして杜丘が高梨の方を振り返る。彼の妻と同じその仕草を前に高梨は小さく溜め息をつくと、再び、

「頼むから違う、言うてくれ」

と真摯《しんし》な瞳を杜丘へと向けた。

暫しの沈黙が二人の間に流れる。

「なんの話なんだか」

沈黙を破ったのは杜丘だった。呆れた口調そうで言い肩を竦めた彼の顔が歪んでいることに、高梨は絶望的な思いを抱いた。

「……あほ」

呟く声が掠《かす》れてしまった。杜丘がゆっくりと視線を上げ、高梨を真っ直ぐに見つめてくる。

「あほ……か」

くす、と笑った杜丘の、その肩が落ちた。

「ほんま、あほや」

高梨は杜丘から目を逸らし、その場で大きく溜め息をつく。

「……仕方なかったんだよ」

杜丘がゆっくりと高梨の方へと歩み寄ってくる。再びその顔へと視線を戻した高梨に向かい、杜丘は泣き笑いのような顔になると、

「仕方なかったんだ」

そう同じ言葉を繰り返し、両手を前に出した。

「なんや」

その手を見下ろし、高梨がぼそりと呟く。

「『お縄頂戴《ちょうだい》』ってね……」

またも泣き笑いのような顔をした杜丘の頭を、高梨は、がし、と摑むと自分の肩へと抱き寄せた。杜丘の背が細かく震えはじめる。

「……すまん……高梨」

喉《のど》の奥から搾《しぼ》り出すようなその悲愴な声に、高梨は自分の目の奥も熱くなるのをどうにも抑えることができず、じっと天井を見上げていた。


そのまま杜丘は高梨の車で署に同行した。高梨は自首した形をとらせようとしたが、杜丘はそれを受け入れなかった。

「妻が浮気をしていることに気づいたのは半年ほど前のことだ」

取調室で杜丘は淡々と犯行の動機と方法を語りはじめた。

「近所でも評判になるほどの熱の入れようで、みっともないからよせ、と最近では口論が絶えなかった。東京に異動が決まったとわかったときに、妻は離婚を申し出てきた。外聞が悪いにもほどがある。いくらそう言っても瑶子は俺の話に耳を貸そうともしなかった。こんなことが世間に知れては俺の社会的地位に傷がつく。十も下の大学生に入れ揚げる妻は俺にとってはもう、なんと言うか——いまいましい存在でしかなかった」

「それで殺したんですか」

取り調べには高梨の計らいで、愛知県警の副島刑事があたっていた。高梨は取調室のドアに近いところに佇《たたず》み、自供を続ける杜丘の顔を無言でじっと眺めていた。

「まあね」

杜丘はそう笑うと、再び口を開いた。

「離婚届を渡すから東京に来い、誰にも気づかれぬようにして来い、と妻には命じておいた。宿泊する予定のホテルの近くで深夜近くに待ち合わせ、そのまま地下の駐車場に彼女を連れ込んで車中で絞め殺した。それから高速で名古屋に戻り、室内を荒らして物盗りの犯行にみせかけ、車は駅近くの駐車場に停めて新幹線で東京に引き返した。車は名古屋地検で担当した事件の関係者から極秘に借りた。脛《すね》に傷持つ輩《やから》だから、まあ警察に届けることはないだろうと踏んでいたが、このまま事件が発覚しなければ恐喝されていたかもしれないな」

くすっ、と笑う杜丘の話を、

「笑い事じゃあないでしょう」

と副島刑事が憮然《ぶぜん》とした声で遮った。

「笑い事だ……今となってはね」

くすくすと笑い続ける杜丘の前で、

「いい加減にしろ！」

と副島刑事がバンッと勢いよく机を叩いた。

「何が笑い事や！　人ひとり殺しておいて、よくそんなことが言えるもんやな？　社会的地位だと？　人の命の上ゆく地位がどこにあるっちゅうんや？」

怒鳴り続ける副島の前で、杜丘は無言で俯いている。彼の顔にうっすらと残る微笑のあまりの痛々しさに、高梨はゆっくりした足取りで副島へと近づいていくと、その肩に手を置き怒声を止めさせた。

「なんですっ」

興奮したまま副島が高梨を振り返る。

「ちゃうやろ」

が、高梨は彼を見返さず、まっすぐに杜丘を見つめたまま静かな声でそう告げた。

「え？」

副島が驚いて高梨を見上げたのと同じく、杜丘も驚愕《きょうがく》を面《おもて》に表しながら高梨をじっと見上げてくる。

「……お前が瑶子さんを殺したんは……愛してたからやろ」

「…………」

高梨の言葉を聞き、杜丘は馬鹿馬鹿しい、というような笑みをその顔に浮かべかけた。

「愛してたから、許せへんかったんやろ」

「相変わらずのロマンチストだな」

杜丘が苦笑し高梨を見上げる。

「愛してる、なんて時期はもう過ぎたよ」

「……こんなときまで、強がらんでもええやないか」

高梨の言葉に、杜丘は声を上げて笑いはじめた。

「本当にお前は……変わってないな」

「杜丘！」

再び副島が、バンッと机を殴りつける。が、杜丘の笑いは止まらず、箍《たが》が外れたような調子外れの笑い声が取調室に響き渡った。

「愛か……青いな、高梨。よくそんなことを真顔で言えるもんだよ」

げらげらと笑う杜丘に摑みかかろうとする副島を高梨は彼の肩を摑んで制した。

「高梨さん」

不満そうな副島に、ええから、と高梨は無言で首を横に振ると、笑い続ける杜丘を痛ましく見つめた。

つられてその方を見た副島は、杜丘が笑いながら涙を流していることにはじめて気づき、驚いて高梨の顔を再び見上げる。高梨はまた首を静かに横に振ると、

「青いんはお互いさまや」

と小さな声で呟いた。やがて笑い疲れたのか杜丘は、ああ、と溜め息をつき、机に顔を伏せてしまった。

「杜丘」

細かく震えるその肩を見ながら、高梨が静かに彼の名を呼ぶ。

「………愛してたよ……」

杜丘は顔を伏せたまま、涙に掠れた声で呟くと、再び肩を揺らして低く笑いはじめた。

「杜丘」

彼の名を呼ぶ高梨の声も酷く掠れていた。その声に誘われたかのように、杜丘の笑い声は次第に慟哭《どうこく》へとかわって行く。肺腑《はいふ》を抉るような悲痛な彼の泣き声が、取調室に響き渡った。

その夜、高梨は一人、いきつけの屋台でしたたかに酒を飲み、泥酔した状態で田宮と共に暮らすアパートの戸を叩いた。

「ただいまあ」

深夜二時を回っていたというのに田宮は起きて待っていて、玄関に倒れ込む高梨を引き摺《ず》るようにしてベッドへと連れていくと、冷たい水を彼の為に汲《く》んできてくれた。

「おおきに」

礼を言う声が自分でも驚くほどに大きい。ごくごくとその水を飲み、はあ、溜め息をつきながらベッドの上で丸くなろうとする高梨のコートを、そしてスーツを田宮は苦労して脱がせようとしてきた。

「ああ、かんにん」

なんとか半身を起こしてコートをスーツごと腕から引き抜くと、高梨は酔いのままにまたごろりとベッドの上に横たわる。

「大丈夫か？」

心配そうな田宮の声に、大丈夫大丈夫、と手を振ったが、田宮が彼に上掛けをかけてやろうと覆い被《かぶ》さってきたのを察し、その手を強く引いて自分の方に抱き寄せた。

「わ」

不意の高梨の動きに田宮が驚いたような声を上げ、バランスを失って倒れ込んでくるところをしっかりと胸に受け止めると、高梨はその髪に顔を埋めてまた大きく溜め息をついた。

「良平？」

風邪ひくよ？　という田宮の呼びかけに、うんうん、と頷きながらも高梨は田宮を抱く手を緩めず、そのまま彼のＴシャツを捲《まく》り上げ裸の背を撫で上げていった。

「ちょっと……」

戸惑った声を上げる田宮からＴシャツを剝《は》ぎ取り、続いてトランクスに手をかける。

「……っ」

膝下《ひざした》までそれを引き下ろしたあと高梨は田宮の背と尻を摑むようにして己の方へと尚も引き寄せ、裸の胸に顔を埋めた。

「良平？」

またも戸惑ったような田宮の声が頭の上から響いてくる。その声は震動となって高梨が頰を寄せている胸からも響いてきて、胸の鼓動とともに高梨を優しく包んだ。

「もいっかい……」

自分の声が田宮の胸へと吸い込まれてゆく。

「え？」

再び響く田宮の声の震動に高梨は尚も近くに頰を寄せると、

「ごろちゃんの声が響いてくるわ」

そう言い、愛しげにその胸を撫でた。

「良平……」

名を呼べ、ということか、と思ったらしい田宮が再び高梨の名を口にする。

「もいっかい……」

「良平」

「も……」

「良平」

とんとんとまるで母親が赤子をあやすかのように、田宮は高梨の背を叩いてくれる。

「愛してるよ……」

ぼそりと呟いた高梨の声が耳に届いたのだろう、田宮の手が一瞬止まったかと思うと、ぎゅっと高梨の背を抱き締めてきた。

「愛してるよ」

高梨も田宮の背を力一杯抱き締め返す。

「俺も……愛してる」

田宮の声が、頬をあわせた胸から響いてくる。素肌の温かさと鼓動の力強さに高梨は胸に込み上げるものを堪えることができず、更に強い力で田宮の裸の背を抱き締め、その胸に顔を埋めた。

少し眠ってしまったらしい。くしゃん、という小さなくしゃみの音に高梨は目覚め、その音の主が腕の中にいる全裸の田宮と気づいて慌てて身体を離した。

「ごろちゃん……大丈夫か？」

上掛けもかけずにいたために、田宮の身体はすっかり冷たくなってしまっている。

「ああ、かんにん。大丈夫か？　風邪ひかんといてや？」

おろおろする高梨に、田宮は「大丈夫だって」と笑うと、

「酒、抜けてきた？」

と顔を覗き込んできた。

「ああ、ほんま、かんにんな」

上掛けをかけてやろうとして、まだ自分がシャツも脱いでいなかったことに気づいた高梨は、素早くすべてを脱ぎ捨て、全裸になって田宮の身体を抱き締めた。

「人間ゆたんぽだ」

くす、と笑いながら田宮は高梨の背をぎゅっと抱き締め返してきた。

「冬場はええやろ」

夏は暑いけどな、と高梨も笑い、田宮の肩に顔を埋めた。

「確かに」

苦笑し自分の背を抱き締め返してくる田宮に、

「もしかして……誰かなんか言うてきた？」

と高梨は先ほどまでの田宮の行動を思い起こし、小さな声でそう尋ねた。

夜中まで起きて待っていたのも、自分を労わるように背を抱き締めてくれたのも、そして脱衣に抵抗らしい抵抗をしなかったのも、きっと自分のことを気遣っての行為なのではないかと気づいたからである。

「………」

田宮はどうしようかな、というように暫し黙り込んでいたが、やがて、黙っているのも何かと思ったのか、

「うん。竹中《たけなか》君から電話があった」

そう言い、高梨の背を抱く手に力を込めてきた。

「竹中か……」

ほんま、しょうもない奴やな、とぶつぶつ言いながらも高梨は、田宮から少し身体を離し、顔を覗き込み尋ねた。

「で？　なんて？」

「……うん……」

田宮はなんと答えようかと言葉を選ぶようにして黙り込んでいたが、やがて小さく溜め息

をつくと、

「あのさ」

と真っ直ぐに高梨の顔を見上げてきた。

「なに？」

ベッドサイドの小さな灯りが田宮の大きな瞳に映り、きらきらと輝いて見える。

「……俺が言うことじゃないとは思うんだけどさ」

そのきらめきが消えたのは、田宮が逡巡するように目を伏せたからだったのだが、高梨は再びその光を見ようと、

「なに？」

と囁き、彼の伏せた眼差しを自分の方へと向けさせた。

「……きっと、杜丘さんは……良平に気づいて欲しかったんだと思うよ」

思いもかけない言葉が田宮の口から発せられたことに、高梨は戸惑いを覚え、

「え？」

とまた田宮の顔を覗き込んだ。

「……自分のアリバイを作るために呼び出すんなら、良平じゃなくてもよかったはずだろ？普段付き合いのある東京在住の友人だっていただろうし、それこそ部下になる事務官だっていいわけだし……本当に久し振りに会うっていう良平をわざわざアリバイの証言者に選んだ

のはきっと……杜丘さんは、自分の犯行を良平に気づいて欲しかったんだと、俺は思うよ」

「ごろちゃん……」

真っ直ぐに自分を見上げる田宮の瞳は、相変わらずきらきらと輝いていた。その輝きが揺らいだように見えたのは、彼の目が潤んでいるためか、それとも高梨の目が潤んでいるためなのか――。

「……気づいてあげられて……よかったな」

「ごろちゃん」

にこ、と笑った田宮の瞳から、大粒の涙が零れ落ち、彼の頬を伝った。その身体を力いっぱい抱き寄せ、髪に顔を埋めた高梨の目からも一筋の涙が零れ落ちる。

「……愛してるよ」

田宮の涙に震える声が、取調室に響いた杜丘の『愛してたよ』という呟きと重なった。

「愛してるよ」

田宮の言うとおり、杜丘は己の犯行を暴かれんがために自分を選んでくれたのだろうか――そうであって欲しい、という思いは、次第にそうであるに違いない、という確信へと形を変えてゆく。

共に将来の夢を語り合った友は、あの若き日のまま己の前に存在していたのだと――。

「愛してるよ」

そう信じさせてくれる誰より愛しい者の背を、高梨は力いっぱい抱き締め、その細い肩に顔を埋めた。

「愛してる」

互いの胸の鼓動を近く聞き合うことの喜びを高梨は一人噛み締め、同時に同じ想いを田宮も抱いていて欲しいと心から祈る。

「愛してるよ」

永遠に続くであろう彼への愛しさを確信しながらそう囁く高梨に、田宮はわかっている、というように何度も頷き返し、その背を抱き締めてくれたのだった。

あとがき

はじめまして&こんにちは。愁堂れなです。このたびは十四冊目のルチル文庫、そして『罪シリーズ』十冊目となりました『罪な執着』をお手に取ってくださり、本当にどうもありがとうございました。

本書は以前同人誌として発行しました『罪な執着』（原題『愛執』）と『三国一の嫁』、それに『友愛』と書き下ろしのショート『「かおる」への挑戦状』を収録したものです。『友愛』と『愛執』は、同人誌が完売してから随分経つこともあり、皆様から「読みたい」というお声をたくさんいただいておりましたため、今回文庫化させていただくこととなりました。時系列的には『罪な約束』の前、まだトミーこと富岡が登場する前のお話です。未読の方にも既読の方にも、楽しんでいただけるといいなとお祈りしています。

尚、『かおる』の謎につきましては『罪な告白』収録の『愛惜』に詳細がございますので、よろしかったらどうぞお手に取ってみてくださいね。

今回も本当に素敵なイラストを描いてくださいました陸裕千景子先生に、心より御礼申し上げます。自分にとっても思い入れのある懐かしい作品に、陸裕先生にイラストをつけていただけて嬉しかったです！　描き下ろしの漫画も感激でした。お忙しい中、今回も本当にどうもありがとうございました。次作でもどうぞよろしくお願い申し上げます。

また、いつも本当にお世話になっております担当のO様をはじめ、本書発行に携わってくださいましたすべての皆様にも、この場をお借りいたしまして御礼申し上げます。

最後に何より、この本をお手に取ってくださいました皆様に、心より御礼申し上げます。

懐かしい良平とごろちゃんのお話、いかがでしたでしょうか。ご感想をお聞かせいただけると本当に嬉しいです。どうぞよろしくお願い申し上げます。

次のルチル文庫様でのお仕事は、秋に罪シリーズの新作、冬にunisonシリーズの新作をご発行いただける予定です（すみません、前作『rhapsody』のあとがきで今年の秋発行予定と書いたのは誤りでした。申し訳ありませんでした）。どちらもオール書き下ろしとなりますので、よろしかったらどうぞお手に取ってみてくださいね。『罪シリーズ』の復刊につきましても、決定次第ブログやメルマガでお知らせさせていただきますので、今暫くお待ちくださいませ。

また皆様にお目にかかれますことを、切にお祈りしています。

平成二十一年七月吉日

愁堂れな

（公式サイト「シャインズ」http://www.r-shuhdoh.com/）

＊この「あとがき」のあとに『罪な執着』に出てきた納刑事の鼻血エピソード『プールへ行こう！』を収録させていただきました。併せてお楽しみいただけると幸いです。

プールへ行こう!

「あつ〜」

ごろりと狭いベッドの上で寝返りを打ち、良平《りょうへい》が地の底を這《は》うような声で呻《うめ》く。

確かに暑い。先ほどまでは行為に夢中で暑さにまで意識が回らなかったが、一旦身体を離してまどろみはじめた今となっては、クーラーをつけずにはいられないほどの暑さがベッドに充満していた。とりあえず密着している身体を離そうと俺が身を捩《よじ》ると、良平は再び俺の腰を抱き込んできた。

「ほんま、暑いわ」

「暑いなら離せよ」

呆《あき》れて彼の顔を見上げると、

「それとこれとは話が別やから」

良平はわけのわからないことを言い、俺の肩へと顔を埋《うず》めてくる。それにしても良平の体温は高い。体格がいい分、傍《そば》にいるだけでも室温が二〜三度上がる気がするのに、こんな狭いベッドで身体をぴったりあわせているとまさにサウナ状態で、堪《たま》らず俺は、

「別やないでしょう」

と、イカサマな関西弁を使い彼の腕の中から無理やりに逃れると、枕もとに置いておいた

クーラーのリモコンを手にとった。

と、いきなり横から良平の手が伸びてきて俺からリモコンを取り上げたかと思うと、それを床へと放り投げてしまった。

「ああ、クーラー入れたまま寝たらあかんよ」

「なんで？」

再びリモコンを手にするべく、ベッドから下りようとした俺の身体を後ろから抱き締め、ベッドに引きずり込もうとしながら、良平が耳元に囁《ささや》いてくる。

「おなか壊したらどないするん」

「おなかなんか壊さないよ」

「風邪ひくかもしれんし」

「おふくろみたいなこと言うなよ」

『おふくろ』という言葉に、良平は見事に反応した。

「……ごろちゃん、ええ子やからねんねしようねえ」

調子に乗った彼は作り声でそう囁いてきたが、汗もひかない俺の身体をがっちりと抱きしめ、萎《な》えた雄を握ってくるあたり、良平のやってることは少しも『おふくろ』なんかじゃない。

「これじゃ『ねんね』なんて……っ」

抗議の声を上げようとしたが、首筋を吸い上げられながらゆるゆると前を扱《しご》かれ、俺は思わず『違う』声を上げそうになって口を閉ざした。

「ほんま……アツいねえ」

俺の背中へと唇を落としてくる良平が囁く声も熱かった。その熱が少しも不快でないのは、きっと俺の身体も彼の身体に負けないくらい熱をもっているからなんだろう。

「ま、夏は暑いと相場が決まっとるしね」

くすりと笑った良平に迎合するわけじゃないが、俺は身体を返してそんな彼の首へと両手を回すと、更に彼の身体の熱を求めてぎゅっとその背を抱き締めた。

「『ねんね』の前に……もうひと汗かこか」

良平が俺の意を汲《く》んで囁いてくるのに、背中を更に強く抱き締めることで応え、俺は再び彼との『熱い』夜にこの身を委ねるべく、唇を彼の唇へと重ねていったのだった。


「こんなに暑いと、動く気力もおこらんわ」

翌朝、休みなのをいいことに九時過ぎまでベッドにいた俺たちだったが、そろそろ腹も減ってきただろうと俺がベッドを降りて台所に行こうとした、その背に向かって良平がそう声をかけてきた。

「暑さのせいだけじゃないだろ」

ぼそ、と呟いた俺の言葉が聞こえたのか、良平はうーん、と大きく伸びをしたあと、勢いよくベッドを降りたかと思うと俺のバックを取った。

「なんやて？」

「ちょっとっ……服が着られないだろ」

ちょうどTシャツを頭から被ったところだった俺が彼の手を邪険に振り払おうとするのに、

「着んでもええやん」

くすくす笑いながら良平が俺の胸を弄《いじ》ってくる。

「だーかーらー」

無理やりその手を逃れると俺は彼を振り返り、最近クセになってきたイカサマ関西弁で言い捨ててやった。

「そういうことばっかしてるから、動く気力がないんちゃいまっか？」

「どーゆう意味かなあ？」

にやにや笑いながらしつこく俺の身体に手を伸ばしてくる良平を、

「そのとーりの意味でございます」

俺はキッと睨《にら》んでそう言うと、手にしたTシャツを被って台所へと向かった。

「何食べたい？」

手を洗いながら良平に問いかけると、

「ごろちゃん」

とベタな答えが返ってきたので、聞こえないふりを決め込んだ。

「暑いからなあ……そうめんでも茹《ゆ》でようか」

俺は食欲がないが、タフがウリの良平にはそれじゃ足りないだろう。他に何かあったかな、と冷蔵庫を開けている俺の後ろで、良平が床にべたりと座ったまま、再び大きく伸びをした。

「ほんまに暑いなあ」

「なんか着れば？」

窓は開けっ放しで下手したら向かいのアパートから丸見えだ。いくら自慢のカラダだと言っても、パンツも穿《は》いてないようじゃ世間体が悪くて仕方がない。

「せやねえ」

良平はよっこらしょ、と立ち上がると昨日脱ぎ捨てたトランクスを穿きにベッドまでもどっていった。陽の光の下で見る良平の裸体はギリシャの彫像のように見事で、俺は知らぬうちに彼の後ろ姿に見惚《みと》れてしまっていた。

「なあ、ごろちゃん」

不意に振り返った良平とがっちりと目が合う。慌てて目を逸《そ》らすと、

「ごろちゃん？」

良平がトランクスに足を通しながら不審そうに俺を見返した。

「なんだよ」

答えた声が愛想なくなってしまったのは、良平の裸に見惚れていた自分が恥ずかしかったからなのだが、良平にそれがわかるわけもない。

「そんなに怒らんかてええやん」

良平はぼそりと呟《つぶや》いたかと思うと、がっくりと肩を落としてしまった。

「いや、別に怒ってるわけじゃ……」

慌てて俺は出しっぱなしになっていた水道を止め、俺に背を向けてしまった良平の傍へと走り寄った。

「せやかて」

尚も俺に背を向ける彼の顔を、

「良平」

と俺は覗《のぞ》き込み——いきなり伸びてきた彼の手に抱き込まれた。

「ごろちゃんはほんま……かわいいわ」

くすくす笑いながら、良平が唇を落としてくる。

「……馬鹿」

馬鹿なのは、いつもいつも同じ手にひっかかってしまう俺の方なのかもしれない。それでもついつい悔しくて彼を睨むと、

「ほんま、今日も暑いねえ」

良平は着たばかりの俺のTシャツの中へと手を差し入れながら、唇を塞《ふさ》いできた。

『動く気力がない』のは誰だよ、などと俺が口を挟む間もなく、俺たちは更に室内の温度を高めるような行為に没入していったのだった。


「ごろちゃん、用意できたよ」

結局あれから再びベッドに戻って『ひと汗』かいてしまったあと、そのままうつらうつらしていた俺は、良平の呼びかける声にようやく目覚めた。

「『できた』?」

うーん、と大きくのびをして起き上がり、声のした方を見て——再び倒れ込みそうになる。

「どないしたん?」

起きられへんのかな、と言いながらベッドの方へと近づいてきた良平の格好に脱力してしまったのだ。彼はなんと、裸の上に俺が時々使っているエプロンをひっかけただけの姿だっ

た。

「……なんてカッコ、してんだよ」

ぼそ、と呟いた俺の顔を、良平はにやりと笑って覗き込んできた。

「なーんかヤらしいこと、考えてたんちゃう？」

「ヤらしいこと？」

「そう。ハダカエプロンとか」

ちゃんとパンツ、穿いとるよ、と良平は頼みもしないのにエプロンを捲《めく》って俺にトランクスを見せつけた。

「見せんでいい」

手を伸ばして彼が持ち上げたエプロンを引っ張り下ろしてやると、

「またまた」

見たいくせに、と良平は調子に乗って更にエプロンを捲り上げる。

「あのなあ」

再び脱力してベッドの上に倒れ込んだ俺に向かって、

「でもま、やっぱりハダカエプロンゆうたら、ごろちゃんの方が似合うわな」

良平はやにわにつけていたエプロンを取ると、それを俺の身体に押し当ててきた。

「やめろって」

「ええやん、ごろちゃんの『ハダカエプロン』、久々に拝ませてもらいたいわ」

無理やりそれを着せようとする手を突っぱねているうちに、伸し掛かってきた良平に抱き締められ、唇を塞がれていた。

「……ん……っ」

なんだか朝から――いや、昨夜からか――同じことを繰り返しているような気がする。既に体力も限界だった俺は良平の胸を押し上げると、名残惜しそうに唇を離した彼を見上げた。

「……なんか言ってなかった？」

「え？」

良平は一瞬首を傾《かし》げかけたが、やがて「せや」と大きな声を出し、勢いよく体を起こした。

「そうめん用意できたんで、起こしに来たんやったわ」

お腹空いたやろ、と俺に向って手を伸ばす。

「そうめん？」

さっき作ろうとしている最中に彼に抱き込まれてしまったことを俺は思い出した。空腹は感じてないが、ふと腕時計を見ると既に午後一時を回っている。

「作ってくれたんだ」

彼が差し出してくれた手に摑《つか》まって俺は身体を起こし、立ち上がった。

いつもメシを作るのはたいてい俺なのだけれど、実は良平の料理の腕前はかなりのものだということを、最近になって俺は知った。

『一人暮らしが長いさかいね』

そう笑いながら見事な包丁捌《さば》きを見せてくれたのだったが、勤めはじめてからは忙しいあまり殆《ほとん》ど外食になってしまったと言っていた。

彼が一度作ってくれた『二日煮込んだタンシチュー』は、そのまま商売が出来そうなくらいに美味《うま》かった。そんな彼にとって、そうめんを茹でるくらいはなんでもないことなのかもしれないが、それでもなんだか申し訳なく思って、

「ごめんな？」

と彼を見上げると、良平は心底不思議そうな顔をして俺の顔を覗き込んできた。

「なにが？」

「いや……メシ、作ってもらっちゃって」

別に家事分担をしてるわけじゃないのだが、良平にとってたまの休みになる今日は、できるだけゆっくりしてもらおうと思っていたことを、今になって俺は思い出したのだった。

そのわりに、なんだか朝からやりっぱなしのような気がするのは――いや、だから昨夜からだって、と自らに突っ込んでみた――この灼熱の暑さのせい、ということにしておこう。

「そんなこと、気にせんかてええよ」

あはは、と笑って俺の裸の背に腕を回した良平は、このまま食卓につくのも何かと、脱が

されたTシャツを探してきょろきょろ辺りを見回していた俺の顔を、にやりと笑い覗き込んできた。

「せや」

「なに？」

とてつもなく嫌な予感がしつつ、尋ね返した俺に良平は、

「どーしても『気になる』っちゅーなら……コレ」

と、ベッドの上から先ほどの悪ふざけでくしゃくしゃになったエプロンを取り上げた。

「コレ着て、ごろちゃんがご飯食べてくれたら……めちゃめちゃ嬉しいんやけどなあ」

「……馬鹿じゃないか？」

そんな馬鹿げた提案を良平がするのも灼熱の暑さのせい——なんだろうか。

俺は思いっきり脱力してしまいながら、

「ええやん、な？　久々に見せてや。ごろちゃんのハダカエプロン〜」

と、しつこくそれを押し付けてくる良平を見上げ、はあ、と大きく溜《た》め息《いき》をついたのだった。

「……良平」

「なに？」

「……その顔……やめてくれないかな」

俺は食卓の向こうで、これ以上ないくらいに、にまにまと相好《そうごう》を崩している良平を睨んだ。

「だって……幸せなんやもん」

良平は更に目尻を下げると、食べ終わってしまったそうめんの器を脇に寄せ、両肘をテーブルについた姿勢で、またも俺を見て笑う。

「………………」

俺はもう食べるっきゃない、と、良平の作ってくれたそうめんをツルツルっと音を立てて飲み下した。

「……ほんま……ええ眺めやねえ」

あまりにもしみじみと良平がそう頷《うなず》くものだから、思わずそうめんつゆを吹き出しそうになってしまった。咳き込んでいる俺に良平が、

「どないしたん？」

大丈夫か、と麦茶を手渡してくれる。どないしたんもこないしたんもないだろ、と俺は渡された麦茶を飲み、濡れてしまった口元を着ていたエプロンで拭った。

そう——あまりにしつこい良平の『懇願』についに負け、俺は今、裸にエプロンをつけた

まま食卓についているのだ。

勿論トランクスは穿いている――って当たり前のことなのに、これを良平に納得させるのに五分あまりの時間を要した――が、昼日中からいい年した大人が、しかも男が、何をやってるんだと思うだけでも溜め息が漏れる。

『裸エプロン』だと思うからいけない、暑いからシャツも着ないでエプロンを付けただけだと思えばいいじゃないか、と思い込もうとする行為自体が空しかった。が、良平は至極ご満悦のようで、さっきから、

「ええなあ」

を連発し続け、にまにまといやらしい顔で笑い続けているのだった。

「ごちそうさま？」

俺が食べ終わると、良平が俺の前の食器を持って立ち上がろうとしたので、俺は慌てて彼の手から食器を取り上げた。

「後片付けは俺がやるよ」

「ええよ。疲れとるやろ？　休んどき」

「大丈夫」

「せやかて」

良平は渋ったが、俺が無理やり食器を取り上げ流し台へと向うと、

「ええのに……」

と呟きつつ、自分の食器を手に俺のあとについてキッチンに入って来た。

「これからどうする？」

彼から食器を受け取り、蛇口を捻《ひね》りながら尋ねると、

「これから？」

良平は何故かその場に佇《たたず》んだまま、心ここにあらずというような胡乱《うろん》な返事をして寄越した。

「うん。どこか行こうか。久々の休みだし……」

皿を洗いながら後ろにいる良平に尋ねた俺の言葉に被せるように、

「ごろちゃん」

と良平が俺の名を呼んだ。

「なに？」

「お願いがあるんやけど」

振り向かなくてもその声だけで、良平がどんなににやけているかがわかった。

「いや」

「まだ何も言うてへんよ」

良平が口を尖《とが》らせる顔までわかる。

「絶対にいや」

「だからまだ何も言うてへんって」

言いながら良平は俺の後ろまで歩み寄ってくると、ぴた、と体を密着させてきた。

「暑い」

「あのな」

「いや」

「ちょろっとでええんやけどな」

「絶対いや」

「一瞬でもええからなあ」

「死んでもいや」

「パンツ……脱いでくれへんかなあ？」

予想通りすぎる『お願い』に、俺は無言で蛇口を斜めに押さえ、良平に向かって思い切り水を浴びせかけてやった。

「うわっ」

良平の方は俺の動きを予想してなかったようで、悲鳴を上げて慌てて飛びのくと、

「冷たいなあ」

とぶつぶつ言っていたかと思うと、再び俺の背後にやってきて後ろから抱き締めにかかっ

た。

「洗えないだろ？」

半身だけ返して彼を睨もうとした俺の腹に手を回した良平は
「おい？」

と慌てた俺の身体をその場で持ち上げた。

「こうなったら実力行使や」

「やめろって」

無理やり俺からトランクスを剝《は》ぎ取ろうとする彼に真剣に抗《あらが》いはじめた俺の耳に、聞き覚えのある携帯の着信音が響いてきた。

「…………」

二人して顔を見合わせたあと、良平は溜め息をつきながら、昨夜ハンガーにかけたスーツの方まで歩いてゆく。

「もしもし？」

休日が——彼と過ごす久々の休日が終わる予感がした。良平は二言三言話していたが、

「わかった。すぐ行く」

と言って電話を切った。俺の予感は当たったたらしい。またも二人して目を見合わせたあと、

「ごめんな」

良平はぼそりとそう言いい頭を下げると、そのままバスルームへと向かっていった。俺はそんな彼のために着替えの下着とシャツを用意してやることにした。

良平の仕事がら仕方がないことなのかもしれないが、ときどき休日にこうして呼び出しがかかることがある。二人して過ごす時間が減るのも寂しいことではあるが、それより何より、俺はこういうことがあるたびに、もっと彼にはゆっくり休んでもらえばよかった、と思わずにいられない。

また泊まり込みにでもなるんじゃないだろうか、こんなことならもっと精のつくものを作ってやればよかった——常にこの手の後悔が俺を襲う。それなら常日頃から気をつけていればいいと自分でも思うのだけれど、二人でいる時間にはそこまで考えが及ばないくらいに俺はいつも彼にのめり込んでしまうのだ。

「……哀しい男のサガやね」

良平の口真似をして呟き、本当に哀しいサガだよ、と自己嫌悪に陥りつつもバスルームにタオルと下着を持っていこうとしたそのとき、不意にドアチャイムの音が響き渡った。

「はい？」

一体誰だろう、と俺はタオルや下着を持ったまま玄関のドアへと走った。

「高梨《たかなし》、いるか？」

この声は——俺の頭に懐かしい顔が浮かぶ。何故彼が？　と思いながらも俺は慌てて鍵をあけドアを大きく開いた。

「あ」

「こんにちは」

ドアの外に立っていたのは、やはり新宿西署の『サメちゃん』こと、納《おさめ》刑事だった。納刑事は俺を見た瞬間、ぎょっとしたような表情を浮かべたかと思うと、みるみる耳まで真っ赤になっていった。

「？」

どうしたのかな、と俺は自分の格好を見下ろし――。

「あ」

まさか、と納刑事を見返した。途端に納刑事は鼻と口を押さえたかと思うと、

「失礼っ」

と叫び、俺に背中を向けてしまった。

「違う違うっ！　なんかヘンなこと考えてない？」

慌ててそんな彼の肩を摑んで自分の方を振り向かせる。

「ヘンなこと？」

彼は顔の下半分を押さえたまま俺の方を振り返ったが、その指の間からは真っ赤な血が滴《したた》っていた。やっぱり、と俺の予想どおりのことを考えていたらしい彼に向かい俺は、言うの

も恥ずかしいが、誤解されたままなのはもっと恥ずかしい、という思いから、

「ヘンなプレイとかしてたわけじゃないからっ」

そう叫ぶとエプロンを捲ってやった。

「ちゃんとパンツ穿いてるしっ」

証明、とばかりに彼にトランクスを見せた途端、

「うっ」

またも納刑事はヘンな声を上げたかと思うと、今度は両手で顔を覆い、俺に背中を向けてしまった。

「お、納さん？」

ぽたぽたと彼の足元に鮮血が滴り落ちているのが肩越しに見える。なんでそんな大量に鼻血を噴くかな？　とぎょっとしつつも、

「あのー？」

と彼の顔を覗き込もうとしたそのとき、背後で良平の声がした。

「ごろちゃん、どないしたん？」

シャワーから上がってきた良平は玄関先にいる納刑事に気づいたようで、今度は彼に不思議そうな声で尋ねかけた。

「なんや、サメちゃん。何しとるん？」

「いや、署から連絡があってな……丁度近くにいたモンだから、お前がいれば一緒に覆面に乗せていってやろうと思ったんだが……」

納刑事は後ろを向いたまま、ぼそぼそした声で答えている。

「……ごろちゃん、サメちゃんには目の毒や。中、入っとき」

良平はそんなわけのわからないことを言うと、俺の背中を押して部屋の中へと戻らせた。

「ティッシュ……じゃ、足りへんかなあ」

半ば呆れたような声を出し、良平は納刑事の肩に手をかけ顔を覗き込んだが、

「ほっとけ」

と邪険にその手を振り払われていた。

「冷たいお絞りでも、持ってきたってや」

言われてキッチンへと走った俺の耳に、納刑事の細い声が響く。

「申し訳ないです」

「運転は僕がするさかい」

良平は納刑事に同情的な声をかけつつ手早くスーツを着込み、俺からお絞りを受け取ると、

「それじゃ、いってきます」

と俺に向かって片目を閉じた。

「いってらっしゃい」

玄関先でこちらに背中を向けて座っている納刑事の姿を確認したあと、俺は軽く良平の唇に自分の唇を重ね、『いってらっしゃいのチュウ』をする。

「いってきます」

だが良平は、納刑事に気づかれたくないという俺の気持ちなどまるで無視し、俺の唇に派手な音を立ててキスを――『いってきますのチュウ』をした。

「おい」

やめろよ、と睨んだ俺に良平は、

「アピールアピール」

とまたわけのわからないことを言うと、それじゃ、いってきます、と玄関先へと向かった。

「気をつけて」

見送ろうとした俺を振り返ると良平は、

「ああ、ここでええよ。またサメちゃんが鼻血噴くさかい」

そう笑ってまたウインクをして寄越した。

「……暑気あたりかな？」

あんなに大量に鼻血を出して大丈夫なんだろうか、と首を傾げる俺に向かい、

「さあ」

と良平は苦笑し、それじゃ、と手を振り踵《きびす》を返しかけた。が、

「せや」

不意に何かを思い出したように彼は俺をまた振り返ったかと思うと、申し訳なさそうな顔で笑い、こう告げた。

「今度の休みには……ほんま、どっか行こうな」

「……うん」

休日がなくなったのは良平のせいなんかじゃないのに——それより、休日なのに出かけなければならなくて気の毒なのは彼の方だというのに、俺に気を遣ってくれるその言葉が申し訳なくも嬉しくて、俺は一旦は頷いたものの、

「でも……何処《どこ》にも出かけなくてもいいよ」

と彼に向かって笑い返した。

「え?」

首を傾げかけた彼に走り寄り、耳元に囁く。

「良平といるなら……何処でも一緒だから」

途端に自分の頬に血が上るのがわかる。こんな行動に出てしまったのもきっとこの灼熱の暑さのせい——と、なんでも暑さのせいにしてしまおう。

「ごろちゃん……」

良平は驚いたような顔で俺を見下ろしたあと、目を細めて微笑むと、ぎゅっと俺の背を抱

き締めてきた。

「……行かなきゃ」

ちらと玄関先を見ると、納刑事が慌てて目を逸らすのが見え、俺も慌てて彼の腕から逃れようと身体を捩った。

「ごろちゃん……」

感極まったような良平の声に、俺の胸もなんだか熱くなる。

——が、彼の熱くなった場所はちょっと違ったようだった。

「それって……何処でも『ヤル』ことにかわりはない、っちゅうこと？」

にまにまと笑いながら下肢を摺《す》り寄せてきた良平に俺は軽蔑しきった視線を向けてやった。

「馬鹿じゃないか？」

「冗談やないのー」

彼がそんなくだらない冗談を思いつくのも、灼熱の暑さのせい——かもしれない。

「それじゃ、行ってきます」

「気をつけてな」

半日を残して終わってしまった休日に終止符を打ち、良平はまた危険な職場へと向かっていく。

気をつけて、という言葉しかかけてやれないことがもどかしくも情けない俺の気持ちを察したように、良平は肩越しに振り返ると、わざとふざけてこんなことを言ってきた。

「お出迎えのときもそのカッコで頼むわ」

「馬鹿」

思わず笑ってしまった俺の目に、

「う」

再び蹲《うずくま》った納刑事の背中が見えた。

「あーあ」

良平は笑いながら溜め息をつくと、それじゃ行ってきます、と極上の笑みを俺に向け、納刑事を引き摺《ず》るようにして、元気に部屋を出て行った。

もー三日目ですよぉ
署に泊り込み…
はああああぁ
久々の彼女とのデート直前に呼び出されるなんてひどすぎますよぉ
こんなの蛇の生殺しじゃないですか
ねー高梨警視…
……って
ーつやっ
すごい疲れマラ!!!
まさ!?
…いやー
僕んとこなんてまさに真っ最中、またフィニッシュ直前で呼び出しでなぁ…
前にもこんなんあったわ
け、警視…
お察しします…!!
はは…
コレ…
罪・おまけまんが

じゃあ…そろそろ顔が見たいでしょう
ごろちゃんの
今回は着替えとか用意してもらわないんですか？
ああ
実は今日差し入れと一緒に持ってきてくれることになってるんや
差し入れ
やったあぁ
救援物資が来るぞー!!
大げさやな
いや砂漠のオアシスですよっこういう時のごろちゃんの差し入れは！
警視お客様です
おっ
噂をすればやな

富岡くん…
来る途中で会ったらついてきちゃって…
うわあ～～何かボロっちくなってますねぇ高梨さん
ハイこれ着替えだそうですよ！
おおっ嫁さんに間男がくっついてくるとは…
修羅場ですな!!
それより差し入れは無事に頂けるんでしょうかね…？
ボロ…？
ほお～～
エラい偶然があるもんですなぁ？
ええ！またまた運命を感じてしまいますね♥
田宮さんと僕って♡
運命？なんのギャグですかかな？
しかし署までついてくることたないでしょーが
まぁ僕は田宮さん専属のボディガードってことで
はぁ!?

いやいやいや ただの同僚にそこまでしてもらうワケには…
ただのって そんな他人行儀な
他人だろっ!!
え～ ひどいなぁ 田宮さんてば
バレンタインに チョコまでくれた 仲なのに……
なっ…
バレン…タイン…?
あっ違っ…! 誤解だから! 誤解!!
富岡 お前なぁっ
実はこないだの バレンタイン の日にですねぇ…
田宮さん ジュースおごって ください♡
いいけど… 何が飲みたい んだ?

ピッ
じゃあ これを
…ん？
ホットココア!?
うえぇぇぇ
お前そんな 甘党だっけ？？
田宮さん ココアが何から できてるか 知ってますか？
●原材料名　牛乳　砂糖　ココアパウダー（カカオ）
CMC-Na）香料　乳化剤　●内容量　280　消費期
直射日光をさけてください　●販売者　オ　ーラ　カ
あれを チョコって言うのは 無理があるだろう!!
僕の中では チョコです
同じカカオ豆から できてるんですから チョコです
…富岡くん

そら
いくらなんでも
子供の屁理屈で
みっともないいんと
違うかなぁ？
子供で結構！
オヤジよりは
マシでしょう
未来あるしィ
あわわ
ますます
泥沼に…
つか 警視
おとなげない…
若いって
証拠だろ
どっちもどっちだけどな
あのー
そんな事より
差し入れは…
ぐ〜きゅるる。。。

※「罪な執着」の発刊を私のせいで遅らせてしまい、愁堂先生と読者の皆様、関係者の皆様に大変なご迷惑をおかけし、本当に申し訳ありませんでした。
（陸裕千景子）

✦初出　罪な執着……………………個人サイト掲載作品「愛執」(2002年8月)
を改題して加筆修正。
三国一の嫁…………………同人誌「愛執」(2005年8月)
『かおる』への挑戦状………書き下ろし
友愛…………………………同人誌掲載作品(2003年2月)
プールへ行こう！…………個人サイト掲載作品(2002年8月)

愁堂れな先生、陸裕千景子先生へのお便り、本作品に関するご意見、ご感想などは
〒151-0051 東京都渋谷区千駄ヶ谷4-9-7
幻冬舎コミックス　ルチル文庫「罪な執着」係まで。

幻冬舎ルチル文庫

罪な執着

2009年7月20日　第1刷発行
2012年11月20日　第2刷発行

✦著者　愁堂れな　しゅうどう れな

✦発行人　伊藤嘉彦

✦発行元　株式会社 幻冬舎コミックス
〒151-0051 東京都渋谷区千駄ヶ谷4-9-7
電話 03(5411)6432[編集]

✦発売元　株式会社 幻冬舎
〒151-0051 東京都渋谷区千駄ヶ谷4-9-7
電話 03(5411)6222[営業]
振替 00120-8-767643

✦印刷・製本所　中央精版印刷株式会社

✦検印廃止

ISBN978-4-344-81710-4　C0193　Printed in Japan